ASSASSIN'S CREED ORIGINS
アサシン クリード オリジンズ

砂上の誓い 上

オリヴァー・ボーデン

阿部清美［訳］

JN207954

竹書房文庫

ASSASSIN'S CREED® ORIGINS
DESERT OATH
BY OLIVER BOWDEN
TRANSLATION BY KIYOMI ABE

UBISOFT

Original English language edition first published
by PENGUIN BOOKS LTD., London
Japanese translation rights arranged with
PENGUIN BOOKS LTD
through Japan UNI Agency, Inc., Tokyo

人物紹介

バエク……………シワの街の守護者（メケティ）を志す少年
サブ………………バエクの父。戦士集団（メジャイ）の一員
アーモス…………バエクの母
アヤ………………バエクを慕う少女
トゥータ…………物乞いの少年
パネブ……………トゥータの父
ケンサ……………ヌビア人の女戦士。バエクに狩りの手ほどきをする
セティ……………ヌビア人の戦士
ネカ………………セティの弟
ヘモン……………メジャイ最高位に座す〝ジ・エルダー〟
サベステット……ヘモンの右腕
バイオン…………殺し屋
ライア……………秘密組織「古き結社」のメンバー。元戦士
セオティモス……古き結社のメンバー
メンナ……………墓荒らし

アサシン クリード オリジンズ
砂上の誓い 上

第一部

1

砂漠にはほとんど何もなかった。今にも崩れそうな狩人小屋《かりゅうどごや》が一軒ある以外は。一面の砂の地平線上にぽつんと建つ、平屋根のおんぼろの小屋は、歯が腐って次々抜け落ちてしまった中で最後に残った一本のようだ。それでも十分だろうと、エムサフは思った。小屋の木陰に馬をつないで小屋に入ると、室内はひんやりしていた。分厚い泥壁のおかげで、外の熱気が遮断されているらしい。

彼は頭巾《フード》を外し、小屋の中を見回した。家具などはなく、湿ったカビ臭《しゅう》がしたが、どうせ長居するわけではない。ここは、死と隣り合わせの場所だ。

エムサフは弓を下ろし、その隣に、矢筒から取り出した一本の矢を置いた。ふと、外に広がる平原に面した小窓があることに気づき、目を細めて様々な角度から表を眺めてみた。

次にひざまずき、目線の高さを変えて平原を確認する。腕を伸ばして弓を取り、矢をつがえて仮想の標的に狙いを定めた。周囲が見渡せるこの場所では、敵は遠くからこちらを監視し、攻撃の頃合いをうかがうはずだ。

あとは実戦の瞬間に備えて待機するだけだった。ひとまず休息を取ろう。彼は武器を土間の地面に戻し、残っていたメロンの最後のひと切れを食べた。ここに来る前に、イプの市場で買っておいたものだ。空腹が紛れたら、腰を据えて標的が現われるのを待てばいい。

その間、エムサフはヘベノウに残してきた家族に思いを馳《は》せた。離れ離れになった発端《ほったん》は、ダルティから届いた手紙だ。その内容に激しく心を掻《か》き乱されたエムサフは、直《ただ》ちに荷物をまとめて出発準備を始めたのだった。

「やらねばならぬことができた。今すぐにここを発《た》つ」

妻と息子には、そのくらいしか言えなかった。「できるだけ早く帰ってくるよ。約束する」

帰宅するのに数週間、もしかしたら数ヶ月かかるかもしれないと、妻のメルティに話して、留守中の種まきと畑の手入れを一任した。わずか七歳の息子のエベには、アヒルとカモの世話を頼んだ。そして、牛や豚の面倒を見る母親の手助けをするよう約束させた。エベはいい子だ。親思いで、熱心に家の手伝いをしてくれている。だからきっと、息子は約束を守ってくれるはずだ。

涙があふれたエムサフは必死で表情を崩すまいとし、重い気持ちのまま、馬にまたがった。

「母さんのことを頼んだぞ」

息子にそう告げ、埃《ほこり》が入ったふりをして目を擦《こす》る。

「うん、わかったよ。父さん」

こくりとうなずくエベの下唇がわなわなと震えているのを見て、エムサフとメルティは、悲しげな笑みを浮かべながら視線を交わした。いつかこの日が来ることは、ふたりとも知っていたものの、いざその段になると、動揺を抑えることができなかった。

「私のために、神々に祈ってくれ。戻ってくるまでの安全を」と言った後、彼は馬の向きを変え、南西の方角に進み出した。肩越しに、一度だけ妻子を確認した。彼らはこちらをじっと見送っている。ふたりに背を向け、どんどん離れるにつれ、別れの辛《つら》さは短剣のようにエムサフの心を貫いた。

ヘベノウ北部から目的地まで、十二日の旅程になると見込んでいた。携帯する荷物は必要最小限にし、月と星の明かりを頼りに移動は夜間に行った。日中は馬を休ませ、エムサフ自身も葉の繁ったテレビンノキの木陰か掘っ建て小屋で眠った。容赦なく肌を焦がす昼の太陽は、油断ならない。体力を温存する意味でも、避けるのが賢明だ。

ある日の夕方、まだ日没前だったものの、彼は起き上がり、慣れた目つきで地平線を見渡した。かなりの遠方でほとんど目視できないに等しいのだが、地平線沿いに割れ目のように横たわる陽炎《かげろう》の中に、微《かす》かだが何かの影法師《シルエット》を捉《とら》えた。一応、気に留めておくことにしたが、深くは考えなかった。しかしながら翌日、ほぼ同時刻に起きた際、前の日と同じ場所、地平線の一筋の光の中に、やはり小さな影を見てとることができた。もはや疑いはない。自分はつけられている。さらに言えば、自分を尾行している人間が誰であれ、相手の追跡ぶりは見事だ。こちらが動けば、あちらも動く。明らかに、ふたりの距離は常に一定に保たれていた。

己の理論を試せば、追っ手を警戒させる恐れがあったものの、やらねばならないだろう。エムサフは速度を緩めた。勇敢にも灼熱《しゃくねつ》の太陽で焼けた砂地に挑み、彼は日中に移動した。奴《やつ》も同じ行動をとっているはずだ。そしてあるとき、エムサフは夜間移動を再開し、できるだけ全速力で馬を駆った。自分をつけている相手は、それを見て、同様に動き出した。移動する時間帯を再び変えることを、向こうが見越していたのかもしれない。

これは、エムサフにとっては一種の賭《か》けのようなもので、危険を伴う。一時的に任務を後回しにもしなければならない。少なくとも、追ってくる人間をなんとかするまでは。しかし、相手はいつから自分を追ってきていたのだろう？　エムサフ自身も偵察の手練《てだ》れゆえ、これまで慎重に行動してきたつもりだった。

もう一度、この件について考えてみよう。追っ手の存在に気づいたのは、旅を始めて五日目だった。出発地点から五日分も離れていれば、相手はエムサフの自宅近くから来たとは思えない。つまり、メルティとエベは危害を加えられてはいないはずだ。そう考えると、少し気が楽になった。留守中の家族の身の安全は、何よりも彼が心配していたことだった。安心材料が得られた今は、自分をつけまわす男の排除に集中すべきだろう。

イプの郊外で、エムサフはひとまず落ち着くことにした。露天商たちが、油や衣類、背の高い壺《つぼ》に入れたレンズ豆などの豆類を売っている。大勢が露店の前を往来しており、彼はなんとかテーベに向かう人間を見つけ、硬貨を渡して伝言を頼んだ。報酬を弾み、必ず伝言を届けるようにと念を押す。ある程度の食料を持ってきたが、長くはもたないだろう。ふと、横を通り過ぎる農夫と牛の姿が目に留まり、平和な日々を思い出したエムサフは、村に残してきた家族に思いを馳せた。交差路を見つけた後は、ナイル川を渡り、西方砂漠へ向かう。次の一手を打つため、追っ手を誘導するのだ。

こうしてふた晩ののち、平原の狩人小屋にたどり着いたというわけだ。相手を待ち伏せするには格好の場所に違いない。

そして思惑通り、熱で揺らめく遠方の空気の中、彼の標的が視界に入ってきた。相手はひとり。馬の背にまたがっていた。エムサフは、太陽が自分の背後にあることを太陽神に感謝しつつ、矢をつがえ、馬上の人物に狙いを定める。

今となっては、外衣《がいい》の形も馬の色もすっかり見慣れたものとなっていた。

やるしかない。

ゆっくりと深呼吸したエムサフは、獲物を視界に収めたまま、弓の弦を引く手に力を込めた。限界まで弦を引き、精神を集中させる。あとは腕の筋肉が震え出す前に弦を放すだけ。筋肉が震えれば、狙いが外れる可能性が高くなる。十分力を込めた。今こそ矢を放つのだ。

彼は右手の指を開いた。

放たれた矢は、標的を目指して飛んでいく。次の瞬間、追跡者はぐらりと馬の背から地面に落ち、一陣の砂埃が舞い上がるのが遠目にもわかった。エムサフは矢をもう一本つがえ、二投目が必要な場合——倒れた身体が起き上がったら——に備えた。

だが、追っ手はぴくりとも動かなかった。

2

二週間前

その刺客《しかく》は、夜が明ける直前に目覚めた。昇った太陽が、すぐに窓の隙間から射《さ》し込み、白い炎のごとく彼の視界を覆っていく。今朝の室内は暖かかったものの、着替えの際、静謐《せいひつ》な空気がやけにひんやりしていると感じ、寝床の上の肩掛けを手に取って羽織った。

別の部屋に移った刺客は、残っていたパンと果実をゆっくりと時間をかけて食べ切り、しばらく黙考した。これから行う作業には、研ぎ澄まされた感覚と明晰《めいせき》な頭脳が必要だ。実に久しぶりの任務だったが、心身ともに準備はできていた。もちろん、手入れの行き届いた刀身の切れ味は抜群で、ひたすら出番を待っている。

食事の後、複数の地図を確認。これで手筈《てはず》はほぼ整った。仕上げに、まぶしい陽射しの反射光対策として、目の下に黒い塗料《コール》を塗る。青銅の鏡を覗《のぞ》き込むと、顔の片側にできた十字模様の傷痕が真っ先に目に飛び込んできた。エジプト神イシス、ホルス、アヌビスは自分に微笑んでくれるだろうか。時期が来ればわかるはずだ。

三日三晩の旅の末、へべノウの農場にたどり着いた。砂漠に建つ建物群は、家畜のための柵を備えており、縄に連なって干された洗濯物が白く輝いていた。隆起した土地の輪郭を目でなぞり、自分の姿が隠れていることを確信する。そして、椰子《やし》の木が群生する場所で止まり、木陰の幹に馬の綱を結びつけた。荷物から革製の水筒を取り出しつつ、太陽の位置から自分の背後に光源があることを確認した。さらに少しだけ前進し、砂丘の凹みを見つけて身を潜める。肩掛けにしていた布で頭や顔をすっぽり覆えば、あとは好機が来るのを待つだけだ。

そのとき、農場の母屋で動きがあった。ひとりの男――いや、女が畜力利用の水車《サキア》を目指して歩き出したのだ。彼女は大きな水桶《みずおけ》を運んでいたのだが、その歩き方だけでなく水の汲《く》み方まで、非常に効率がよかった。その無駄のない美しい動きを見て、刺客は目を細めた。なみなみと水を汲んだ女は井戸の縁に桶を置き、しばしの間、腰に手を当てて立っていたが、ほどなく口の脇に手を添え、誰かの名前を呼んだ。

「エベ！」

その名はそよ風に吹かれ、周囲に響き渡った。

刺客の標的の名前はエムサフだ。奴はどこにいてもおかしくはない。街へ出かけているのかもしれないし、作物の収穫中で姿が見えない可能性もある。あるいは、自宅とは全く違う場所にいるのか。すると、農場の母屋から、少年がひょっこりと姿を現わした。間違いない。あれがエベだろう。母子は井戸の縁にあった桶を持ち上げ、家へ運び始めた。それから小さめの器を使い、ふたりで動物用の水飲み場に水を補充していく。さっそくヤギたちが頭《こうべ》を垂れ、水を飲み始めた。砂の大地の外れで彼らを見ていた刺客は、次の行動に出る機会をうかがった。

エムサフは留守か。となれば、今、家の中にいるのは女と子供だけに違いない。彼は身を起こして立ち上がり、一気に駆け出した。家までたどり着き、荒い呼吸のまま日干し煉《れん》瓦《が》の壁に背を当てて佇《たたず》むと、背後の窓越しに母親と息子が食事をする音が聞こえてきた。会話の中で、子供が発した「お父さん」という単語と、母親の「すぐに帰ってくるわ」という返事から、推測は確信へと変わった。

刺客は目を閉じ、沈思した。標的はここにはいない。出鼻をくじかれた感じだ。巻き返しが十分可能な些《さ》細《さい》な手違いだが、こちらがやや不利な立場になったことには変わりない。エムサフは刺客が送り込まれたことに気づいたのか？

いや、それはない。暗殺の手が伸びていると知ったら、エムサフは自宅に留まり、家族を守ろうとするはずだ。しかしながら、何かしら報《しら》せを受けたのだと思われる。他の者に警告を与えるべく急いで発ったのか。それとも、任務のために出かけたのだろうか。エムサフが不在の理由は、追いついたときにわかるはずだ。今はあれこれ思いをめぐらせる必要はない。

とにかく、時間だ。時間は貴重だし、同時に敵にもなる。

履物を脱いだ刺客は、裸足で家の周りを歩き始めた。足の裏に砂の熱を感じつつ、窓より身を低くして玄関まで移動していく。入り口の扉は開け放たれ、網戸だけが閉まっていた。扉の横で立ち止まると、できるだけ壁にぴったりと身を寄せ、彼は聞き耳を立てた。声の様子から子供と母親の位置を見極めるためだ。それから短剣を腰の帯革《ベルト》から引き抜き、柄から下がる革紐《かわひも》の輪を手首に通して巻きつけた。

彼は待ち、室内から聞こえてくる足音を数えた。

今だ！

網戸を押しやり、あっという間に家の中に踏み込んで、女を背後から羽交《はが》い締《じ》めにした。すばやく刃物を頸部《けいぶ》に置くや否や、相手は抵抗するのをやめた。

部屋の反対側にエベはいた。不審な物音に気づいて振り返り、顔に傷のある男が母親の首に短剣を当てている光景に目を剝《む》いた。ぼさぼさ頭の少年が見開いた目には、驚きと恐怖の色が浮かんでいる。エベの片手は皿を持っており、その上には小刀が置かれていた。少年の視線がすばやく室内を見回す。

「誰も傷つく必要はない」

刺客は言った。もちろん嘘だ。女の呼吸が荒くなるのがわかった。「坊主、皿を下に置くんだ。それから、腹這《はらば》いになれ」

すると、母親はすぐに息子に訴えた。

「エベ、この男の言うことを聞いちゃダメ」

声はうわずっていたものの、確固たる意志の強さが感じられる。

「こっちは遊びで言ってるんじゃない」

鋭い口調で警告し、刺客はこれ見よがしに女の首に短剣の刃を食い込ませた。赤い鮮血が垂れ、彼の手首に伝ってきたが、それを無視し、「皿を置け」と、もう一度すごんだ。

「お父さんの言葉を……思い出して」

女は喘《あえ》ぎながらも再び子供を諭そうとした。「逃げるのよ、エベ。窓から。あなたなら……逃げ切れる。こいつは馬で来たはず……。馬を見つけて……乗って逃げるの……」

そう言った後、彼女はこちらの腕を摑《つか》み、体勢を正そうとした。

刺客は首を横に振った。

「一歩でも動けば、おまえの母の喉を掻き切るぞ。さあ、こっちの命令に従え」

次の瞬間、事態は目にも留まらぬ速さで動いた。エベが手をさっと払ったかと思うと、皿は勢いよく飛び出し、石壁に当たって砕けた。皿が割れる音に刺客がぎょっとした刹那《せつな》に、少年はもう一方の手で小刀を摑んでいた。子供の丸みを帯びた小さな手には不釣り合いな、鋭利な刃が親指と人差し指の間から突き出ている。不意を衝《つ》かれた途端、母親がこちらの腕に嚙《か》みついた。間髪入れずにエベが手首を回転させるや、刃物が自分に向かって飛んでくるのを刺客の目が捉《とら》えた。

尖端《せんたん》が迫る恐怖を敵に与えたという点では、子供にしてはなかなかの攻撃だったが、刺客の俊敏さが勝っていた。彼が咄嗟《とっさ》に身体をずらすとほぼ同時に、刃物は肩をかすめて後方に飛んでいった。肩口にわずかな切り傷ができただけで済んだものの、拘束が緩むや、母親はこちらの肋骨《ろっこつ》と肋骨の隙間に一度、二度と肘を打ち込んできた。回数こそ少ないものの、急所を的確に狙った手慣れた打撃。息子同様、女も訓練を積んでいるに違いない。もはや刺客には、ふたりとも手にかけるという選択肢しか残されていなかった。

彼は手早く済ませることにした。女が三度目の肘打ちを仕掛けようとしたとき、その喉に刃を真一文字に滑らせ、母親を助けようと飛びかかってきた少年めがけて、短剣を投げた。

まっすぐにこちらに向かってくる相手に、刺客は瞬時に狙いを定めていた。幼いエベは自ら刃物に刺さりに来たようなものだった。喉に埋め込まれた短剣を摑み、一瞬何が起きたのかわからずに目を白黒させている。刃と肉の隙間から、赤い筋が少年の首を伝って落ちていく。エベが武器を抜いた途端、大量の鮮血が傷口から噴き出し、ぐらりと揺れた身体は膝から崩れ落ちた。床に倒れた母子は、寄り添うようにして息絶えた。

真っ赤な血が石の床に広がるのを見つめ、刺客は結んでいた唇を歪《ゆが》めた。骸《むくろ》となったふたりは、静かに血溜《ちだ》まりの中に沈んでいく。彼は苛立《いらだ》ちを覚えていた。エムサフの妻と息子を、こんなに早く殺すつもりではなかったからだ。情報を十分聞き出すまで生かしておくつもりだった。相手がこちらに襲い掛かってきたため、予定が狂ってしまった。彼らは自らの命を犠牲にし、エムサフがさらに遠くに移動する時間を稼いだ。もしかしたら、逃げ切る機会を与えることになるのかもしれない。

ここに来た意味がなかったではないか。刺客は眉間《みけん》にしわを寄せ、ため息をついた。

彼はイプへ続く道へ戻り、エムサフの追跡を再開した。

標的は、間違いなく腕が立つ。旅団や貿易商にこっそり紛れて移動していたが、やがて周囲には誰もいなくなり、自分を取り囲むのは荒れ地だけとなった。何者かにあとをつけられているのではないかと感じたものの、事実を確認し、懸念を払拭するには時間が経《た》ち過ぎている。仮に刺客である自分を狙う別の暗殺者がいたのなら、ここまで来るまでになんらかの行動を起こしていてもおかしくない。とにかく自分は、エムサフが姿をくらます前に、計画を実行するまでだ。

遠くに狩人小屋を見つけたものの、ここからではエムサフの気配は何も感じられない。だが、罠《わな》が仕掛けられている可能性が十分にあることは承知だった。自分でも同じような罠を仕掛けることがあるからだ。つまり、見破られた罠はもはや罠ではなく、もし奴が小屋に潜んでいるのなら、その命運はほどなく尽きる。

川から少し離れた草地に近づいたとき、彼は、ロバに乗った旅人と出くわした。たくさんの壺がロバの背から下がっている。エムサフが自分と旅人を見たとしても、距離があまりにも離れているために影法師《シルエット》しか捉えられず、畑仕事をしている人間だと思うだろう。ましてや、次に起こることを正確に把握はできないはずだ。

小高い丘から降りて相手に近づくと、旅人は「こんにちは」と、朗らかに声をかけてきた。こちらが肩掛けの下で短剣を握っているとは、夢にも思っていないだろう。相手は手を上げて目の上にひさしを作り、さらにこう申し出た。

「何かお困り――」

人の好《よ》さそうな旅人は、その言葉を終えることはなかった。不運にも、親切心があだとなったわけだ。

刺客は血の匂いで不安げな様子のロバを引っ張り、主の死体を乗せたまま丘の凹みに連れていった。これでエムサフの視線を気にすることはない。木陰に入ると、死体を自分の馬の上に移した。さらに、縄を巧みに巻きつけて死体を馬の背に座らせた状態にし、肩掛けで縄の結び目を隠した。これで遠目には、馬上の人間が死んでいるようには見えないだろう。彼は己の器用さを心の中で自画自賛した。

死体と馬が出発するのを一瞥《いちべつ》し、丘の凹みから反対方向へと遠回りをして狩人小屋に向かうことにした。しばらくすると、遠くの方で、死体がぐらりと揺れ、落馬するのがわかった。旅人の首には、エムサフが放ったと思われる矢が突き刺さっていた。

案の定、罠が仕掛けられていた。

しばらくすると、罠が成功したと思い込んだのか、エムサフは身を屈《かが》めながら狩人小屋から出てきた。すでに刺客は裏手から小屋に迫っており、標的が現われるのを待ち構えていた。短剣を閃《ひらめ》かせ、エムサフの首の付け根で刃を引く。脊柱《せきちゅう》の神経を切断するので身動きは取れないが、ものは見えるし、話すことも可能だ。地面に倒れた相手と向き合うため、彼はしゃがみ込んだ。

「仲間の最後のひとりはどこにいる?」

そう問われたエムサフは、こちらをじっと見つめている。明らかに答えを知っている目。瞳が悲しげだったが、誰が教えるかという固い意志も見て取れた。刺客は苛立ちを覚えた。この家族は全員同じではないか。妻も息子も何も語らなかった。それどころか、付け入る隙もなかった。もはや時間の無駄だ。彼は短剣を滑らせてエムサフの視界を永遠に閉ざし、衣服で武器に付着した血を拭った。平原では、ハゲワシがすでに旅人の死体に群がっている。死肉を貪《むさぼ》る鳥たちをぼんやりと眺め、刺客はしばしその場に佇んだ。早かれ遅かれ、鳥は〝新たな食料〟も見つけるだろう。死と転生。永遠に繰り返される生命の連鎖だ。

エムサフの持ち物を探っていたところ、金属製の紋章を見つけたので、彼は自分の巾着《きんちゃく》にそれをしまった。

任務は完遂した。そう言っていいだろう。

刺客は大きく伸びをし、深呼吸をした。あとは結果を報告するのみ。武器をきれいに磨き、休息する時間も取れるはずだ。次の命令が下され、再び獲物探しの旅に出るまでは――。

3

その日——自分たちの運命が変わってしまったその日、僕らはお気に入りの場所に腰を下ろしていた。シワの砦《とりで》の外壁に背をもたれ、一緒に過ごしていたのだが、僕は地平線上を移動する馬乗りの影法師《シルエット》をぼんやりと眺めていた。旅人はひとりきりで、その姿が熱気で揺らめいている。目では捉えていたものの、正直言って、その馬乗りについては何も考えていなかった。結局、馬乗りは遠くの小さな一点に過ぎず、オアシスの水際の微《かす》かなざわめきや農園の緑地で忙《せわ》しなく農作業を行っている人々と何も変わらない。漠然と視界に入る広大な風景に溶け込んでいる、極小の一斑《いっぱん》だ。

そして、僕の隣にはアヤがいた。いつものように。彼女はアレクサンドリアについて熱弁を振るっている。いつかあの都に戻りたいとどれほど願っているか、と。これもいつものことだ。アヤの話を半分聞き流しつつ、僕は馬乗りがオアシスの土手へと近づく様子を見ていた。そのまま砦の下にあるこの村に向かっているに違いない。

「バエク、ちゃんと理解してよ」

アヤの言葉に、バエクは我に返った。何を理解すればいいのかと戸惑ったが、彼女は勝手に話を続けている。

「アレクサンドリアはね、全世界が交わる地なの。ギリシャ人もエジプト人も並んで歩き、ユダヤ人の会堂《シナゴーグ》さえもある。だから太陽の下、あらゆる言語が通りで飛び交い、いろんな国の学者が博物館や図書館で学ぶためにやってくるのよ。バエクもいつか行くわよね？そう思うでしょ？」

一歩的にまくし立てられて問いただされたが、僕は肩をすくめるしかなかった。

「たぶんね。でも、僕はここに留まる運命だから」

そう返すと、ふたりの間に一瞬沈黙が流れたが、すぐにアヤは、「わかってるってば……」と、寂しそうにつぶやいた。

「アレクサンドロス大王が他に成し遂げた偉業も知ってるだろ？」

僕はその場の雰囲気を和らげようと話題の方向性を少しだけ変えた。「大帝国を築き上げたこと以外にって意味だよ。彼はここ、シワに訪れたことがある。アムン神殿の神官《オラクル》に会いに来たんだ」

シワにはふたつ神殿がある。ひとつは廃墟《はいきょ》と化しているが、もうひとつは神殿そのものが、まるで小さな町のようになっている。それが、アムン神殿だ。

「大王はどうやってここまで来たの？」と、アヤが訊《たず》ねた。

「うーん、いろいろな説があるけど、僕が好きなのは、アレクサンドロス大王とお供の一行が砂漠で喉が渇いて死にそうになっていたとき、二匹のヘビが現われて、彼らを砂漠から連れ出し、シワまで導いたって話かな」

それを聞いたアヤはけらけらと笑った。

「あるいは、他の大勢の巡礼者に紛れ、単にアムン神殿詣《もう》でに来ただけかも」

「僕が好きな説の方がいいな、浪漫《ロマン》を感じる」

「バエクったら、見かけによらずずいぶんと夢想家なのね。アレクサンドロス大王がここにいる間、何が起きたの？」

「大王は神官と会って話をした。神官が彼に何を言ったのかは誰も知らないけど、訪問した後の彼は自信に満ちあふれていたらしい。自分が神《アムン》の子だと神託を受けたとかで。様々な領土を征服し、ペルシアの圧政からエジプトを解放した後、ファラオとして認められたのは、紛れもない事実だ」

「つまり、全ては神官の言葉のおかげだって言いたいの？」

「そうとも言えるかな」

僕は小さくうなずいた。「肝心なのは、シワの神官が絶対に信頼できる存在だと考えられるようになったことと、僕らのアムン神殿が全土に知れ渡ったという点だ。だから……」

「だから？」

「――シワを守る必要がある」

それを聞いたアヤは頭を垂れた。三つ編みの黒髪が顔の前にぶら下がって揺れている。その様子を見ていると、彼女は顔をこちらに向け、白い歯を見せた。どことなく無理して笑っているような悲しい笑顔だった。

「結局は、それがバエクの運命ってことよね。ねえ、本当にお父さんと同じ道を歩みたいの？　それがどんなことかちゃんとわかってる？　本心なの？　自分で納得してるの？」

核心を突いた質問だ。

「もちろんさ」

短く答えるのが精一杯だった。

重たい空気が流れ、僕らは黙ったまま座り続けた。

「私、自分がもっとバエクみたいだったらいいのにって思う」と、アヤがぽつりと言った。

「もっと今の自分に満足できたら……」

「逆の考え方をしてみなよ」

試しに僕は訊《き》いてみた。「僕がもっとアヤみたいだったらなって思わない？」

しかし、その問いは逆効果だった。アヤは黙りこくったままで、ますます気まずい雰囲気に包まれてしまった。だが、その重苦しい沈黙を破ったのは、僕たちの共通の友人ヘプツェファだった。道の向こうから、息急《いきせ》き切って駆けてくる。

「バエク！　バエク！」

ヘプツェファは僕の名前を呼んだ。「ジャウティからの使者が到着した」

「なんですって？」

眉間にしわを寄せ、アヤが立ち上がった。僕らの昼下がりの時間は、これで終わりを告げた。

「サブのためにやってきたんだ」

ヘプツェファは、まだ息を切らしている。

「え？　それってどういう意味だよ？」

父さんのもとに使者が？　即座に現状を理解できず、僕は親友に質問した。

「サブが間もなく出発するってことだ！」

ヘプツェファは、半ば怒ったように怒鳴った。「おまえの親父はシワを離れちまうぞ！」

三人は転がるようにして砦の壁を滑り降り、村の中心部へと続く道を走った。村人たちは家の窓や戸口から首を出し、太陽光をさえぎるために目の上に手をかざしつつ何かを見ている。

誰もが、バエクの家の方向に顔を向けていた。

村の中へ入ると、ある女性はこちらを見て隣の人物にひそひそと耳打ちし、再び目を逸《そ》らして別の方角に顔を向けた。なんの騒ぎかと興奮した子供たちは、丘を駆け上がっていく。

巡礼者たちに合流しようとしたとき、バエクは人波に逆らって進む馬上の人物を捉えた。それは、自分が砦にいたときに見つけた旅人――オアシス沿いに村にやってきた男性ではないか。あの馬乗りは、ジャウティからの使者だったのだ。男性は小銭入れの袋を胸から下げた鞄《かばん》に入れることに気を取られていたせいか、バエクが駆け寄って馬の手綱《たづな》を掴むと、驚いて落馬しそうになった。彼は罵《のの》りの言葉を吐き捨て、体勢を立て直した。

「馬から離れるんだ」

相手はそう警告した。瑠璃色《るりいろ》の瞳がこちらを見据えている。

「うちの父さん、この村の守護者《メケティ》なんです。父に伝言を届けに来たんですよね？　どんな報せだったんですか？」

「彼が君の父親なら、直接聞くことになるはずだ」

苛立ちを覚えたバエクは、激しく首を横に振り、さらに食い下がった。

「じゃあ、代わりにこの質問に答えて。誰からの伝言だったんですか？」

使者はこちらが摑んでいた手綱をぐいと引っ張った。

「それも父親に訊くといい」

そう言い残し、相手は手綱を振った。馬は歩き出し、どんどん離れていく。

我に返ったバエクが辺りを見回すと、村の人々は相変わらず彼の家の方へと歩いていた。頭上で、ラビアはどこだ、ラビアを探せという声が飛び交っている。理由は明白だ。彼女と父さんは親友で、身を寄せて語り合う姿をよく見かける。あわよくば盗み聴きしてやろうという連中を警戒し、小声で会話をするのだ。村の集会では、声を揃《そろ》えて発言しているように見える。それだけ息がぴったりのふたりなのだった。それゆえ、彼女なら事の真相を知っているだろうと皆が思うのも当然のことかもしれない。

「バエク、早く！」

ヘプツェファに呼ばれ、はっとする。彼はすでに丘を駆け上り始めていた。

しかし、彼とアヤがどんどん前進していく一方で、バエクは足を出すのをどこか躊躇《ちゅうちょ》していた。もうすぐ自分の人生が大きく変わってしまう——そんな予感がしてたまらないのだ。願わくば、そうなる瞬間をできるだけ先延ばししたい。その思いが二の足を踏ませていた。

するとアヤが振り返り、バエクを見た。彼女はヘプツェファに先に行くように告げ、戻ってきた。午後の陽光に背後から照らされ、こちらに歩み寄る彼女はきらきらと輝いて見えた。

「バエク」

アヤは腕をすっと伸ばし、バエクと優しく肩を組んだ。目と目が合う。

「一体どうしたの?」

「僕は……」

今の気持ちを説明しようとしたが、うまく言葉がつながらない。「……なんて言えばいいのか……」

彼女はなだめるように小さくうなずいた。

「自分の目で確かめないと、一生わからないままよ。さあ、行こう」

アヤが身体を傾けたかと思うや否や、その唇がバエクの唇をかすめた。

「バエク、しっかりして」

耳元で彼女が囁《ささや》く。

ほんの一瞬の出来事だったが、柔らかな感触は口元に残っていた。彼女はこちらの手を取り、通りの先へと導いていく。目指す先はバエクの自宅。父さんが待ち構えているはずだ。そして、自分の新たな運命も――。

4

翌朝は、目覚めた瞬間から悄然《しょうぜん》としていた。部屋全体がどんよりと憂鬱な空気に満ちている感じがした。ほんの少しの間、現実とまどろみの世界が溶け合ったままの狭間《はざま》で、僕はぼんやりと考えていた。なんか変だな。どこか違う気がする。自分の生活、何か変わったんだっけ?

突然、僕は思い出した。

全ての記憶が蘇《よみがえ》った。

夕闇の中、母さんが腕を組んで佇んでいた。固く結ばれて白くなった唇。燃えるような目。視線の先には、自宅前の木につながれた父の馬がいた。すでに馬の背には、父の荷物が下げられている。使者が伝言を届けたと知り、慌てて家に戻った自分が目にした光景は、みぞおちに拳を喰《く》らったかのように衝撃的だった。何を意味するか、すぐに悟ったからだ。

僕はアヤを見た。彼女も不安げにこちらを見つめている。すると、父が近づいてきたので、僕はどきりとした。しかし、住民たちが押し寄せてくるのを見て頭を振り、踵《きびす》を返して馬のところに戻ってしまった。

「アーモス」

何かを訴えるように、父は母の名を呼んだ。だが、母は返事をせず、父は再び黙々と出発の支度をした。

ほどなくラビアが到着した。ふたりはいつもと同様、ひそひそと言葉を交わしている。彼女の表情を見る限り、父の言い分に納得していないのは明らかだ。ラビアはきっと母と同じ思いなのだ。彼女は首を横に振り、父を説き伏せようとしていた。しかし、親友が何を言っても父が気に留める様子はなく、頑《かたく》なに家族の問題だからと詳細は打ち明けずに、「今すぐ発たなければならない」の一点張りだった。

そうこうしているうちに、父は旅立ちの準備を終えた。彼は母に口づけをした後、僕を力強く抱き締めた。別れの言葉を言う父に背中をぽんぽんと叩《たた》かれると、僕の中から空気が一気に抜け出したように思えた。

父はひらりと馬にまたがった。いつの間にか僕たち家族を遠巻きに取り囲んでいた群衆は、しんと静まり返っている。

「サブ、あなた、誓いを立てたわよね？」

ラビアが口を開いた。もはや小声ではなかった。事態を受け入れようとしているのか、穏やかな顔つきになっている。

「ラビア、私はこれまでたくさんの誓いを立ててきた」と、父が返事をした。

すると、群衆の中から「一体、これから誰がシワを守るんだ？」という声が上がり、父がこう返した。

「私がここを離れることで、シワはもっと安全な街になるだろう」

意味ありげな言葉に、住民たちが顔を見合わせる中、彼は馬を回れ右させ、皆の間を通り、オアシスの方に向かい始めた。そう、シワから出ていく径路だ。

農園《プランテーション》へ続く坂を降り始めた馬の蹄《ひづめ》の音を、僕ははっきりと覚えている。人々は道の両脇に並び、旅立つ父を見送っていた。父が何を言いたかったのかを考えて思案顔の者たちもいた。父の背中はどんどん遠のいていく。やがてその姿がひとつの点になったとき、僕は自分の気持ちを理解しようとしたが、どうすることもできなかった――。

枕から頭を上げ、部屋を見回す。いつもと何も変わらないのに、見知らぬ場所のようにも思えた。そして、未《いま》だに自分の気持ちを理解できないままだった。

母はとっくに起床しており、家の裏庭にいた。そこでは、外壁に沿うようにしてイチジクの若木が育っている。伸びた枝が張り出した天蓋《てんがい》のように広がり、隙間から漏れ注ぐ陽の光が、小さな庭にまだら模様を描いていた。母は木の根元に腰を下ろしていた。水の入った器を掴む手指が華奢《きゃしゃ》で、今にも落としてしまうのではないかと不安になる。歩み寄って隣に座った僕に、母は笑顔を向けた。その笑みは少し弱々しく、寝不足だったことを物語っていた。

「お父さんはきっと戻ってくるわ。バエクは心配しなくていいのよ」

母は気丈にそう言った。

「でも……僕たちはこれからどうするの？」

おそるおそる訊ねると、母はくすっと笑った。

「何があろうとも、人生は続いていく。時間はかかるかもしれないけれど、そのうちお父さんのいない生活に慣れるわ。で、慣れた頃にお父さんが帰ってきて、私たちをまた混乱させるんでしょうね」

「父さんが旅立った理由は？」

「私にもわからない」

母は悲しげにため息をついた。「何も教えてもらえなかったから。だけど、お父さんの目には不安の色が滲《にじ》んでいた」

「メンナの連中と何か関係があるのかな？」

その名を聞いた母の表情が強張《こわば》り、急に黙りこくった。過去の記憶をたどっているのか、物思いにふけっているようだった。母の邪魔をしないよう、僕はただ隣で寄り添っていた。

しばらくして、母は首を横に振った。

「そうだったとしても、この現実は何も変わらないわ」

「そうだったなら、少なくともこの現実に納得できる」

「そうね」と、ぽつりと言い、母は水の器を口に運んだ。それから器を下に起き、こちらに顔を向けた。「バエク、メンナと関係があると思うなら、ラビアに会いに行くべきだわ」

イチジクの枝葉からの木漏れ日《こもびび》が当たり、母の瞳がきらりと光った。

5

僕の父は、過去にメンナという墓荒らしを蹴散らしたことがあった。その武勇伝を何度聞かされたことか。村の住民は、ことあるごとに「おまえの親父はな――」「いいか、サブはすごいんだぞ――」と切り出しては、僕に村を守った父の偉業を語り始めるのだった。

そもそも、そのメンナとは一体何者なのかって？　いい質問だ。実在の人物の名前ではなく、架空の不吉な存在を作り上げて人々の恐怖を煽《あお》る一味の名だと主張する者もいるが、ある者は、メンナは現存していると訴える。血の通った生身の人間だが、自身が率いる一団を陰で操り、直接手を下したりはしない、と主に考えられているものの、実態が摑めていないため、あとは尾ひれがついた説がまかり通っている。例えば、手下に稼がせた金で私腹を肥やしてぶくぶく太り、アレクサンドリアに建つ宮殿のような自宅の裏庭から一歩も出ることなく組織を意のままにしているとか、いないとか。

シワで拡散されている中で最も耳にする噂《うわさ》によれば、メンナという浪費家のろくでなしは、自分の組織を恐怖で支配し、貯えた財宝をちらつかせて手下を手なずけているらしい。しかも、奴の歯は犠牲者から引き抜いたもので、それらを針金で留め、黒く塗って尖《とが》らせているとか、目と目が合った者に凄《すさ》まじい不安を植えつけるとか、その性格は冷酷非道で、神を信じず、金だけを崇《あが》めているとか、聞こえてくる話は枚挙にいとまがない。さらには、金で買収できない相手や自分を無視する者は容赦なく殺害し、その家族も殺して腸《はらわた》を木に吊《つ》るし、皮膚を剝いだ死体は見せしめのために公共の広場で晒《さら》すのだという。

　メンナは、悪人を罰し、善人を苦しめるべく神に送り込まれた悪魔だと考える民すらいた。

　とにかく、どれだけ邪悪な野郎か、想像に難《かた》くない。

　真偽のほどは別にして、メンナとその仲間たちは常に、追跡する兵士たちの数歩先を行っている。時折、手下が捕まると、拷問後に懲罰として火炙《ひあぶ》りの刑に処されるのだが、肉体が焼かれることで来世に旅立てなくなると信じられている。つまり、生前に数多《あまた》の墓地の神聖を汚した報《むく》いで、自分自身も冒瀆《ぼうとく》されるのだ。

　しかし、それでも連中の悪事の抑止力とはならなかった。拘束した一味の奴らに激しい肉体的、精神的苦痛を与えても、身元や根城《ねじろ》の場所を吐く者は皆無だった。それだけ、手下たちは元締めのメンナを恐れていたのだ。兵士たちは彼らを止めようと躍起になっていたが、賄賂《わいろ》になびかなかった兵士は作戦失敗後に、変死体で発見されるのがおちだった。

メンナと手下たちが最も頻繁《ひんぱん》に悪事を働いていたのは、確か、僕がまだ十歳くらいの頃だった。彼らが実在するのだと悟ったものの、しばらく僕の中では、どうしてもおとぎ話や伝説の一線上にある存在にしか思えなかったのを覚えている。両親の会話で、メンナたちはしょっちゅう話題に上っていたこともあり、寝床に入ってから想像を膨らませ過ぎて、なかなか眠れない夜もあった。

やがて僕は、その盗っ人《ぬすと》集団が北部へ移動して行った事実を知った。もちろん北上の目的はピラミッドの襲撃だろうが、活動域を広げるためでもあったはずだ。ファラオに仕える設計者たちがピラミッド内部に罠や行き止まりを増やしたのは、メンナのような墓泥棒が横行した結果だった。ところが、死者があの世に持っていくつもりだった宝飾品などを盗んで生計を立てている輩《やから》にとっては、逆に好都合となる。罠や行き止まりは、「墓所はこの近くにある」と、篝火《かがりび》が赤々と燃えているようなものだからだ。頑丈な岩で造られた墓や秘密の巨大地下墓所に埋葬された金持ちとて、決して安全ではなく、略奪行為の餌食《えじき》にならない保証はない。しかし、メンナが主に狙ったのは、大金持ちでも貧乏人でもなく、村落に近い共同墓地《ネクロポリス》を次の人生の出発点に選んだ者たち。それが奴らには格好の標的だったのだ。

メンナには独自のやり方があった。隊商と見せかけ、一行は標的をいつでも攻撃できる距離で野営する。とはいえ、決して近すぎたりはしない。その野営地を拠点に、彼らはこっそりと地域社会に紛れ込んで役人たちを買収する一方で、墓所を探索して地下通路を見つけ出し、仕掛けられた罠の回避法の考案に取り組むというわけだ。

墓地の特徴によって、彼らは柔軟に手口を応変させていたが、強奪そのものはいたって単純。墓所に押し入って、全てを持ち去るのを常としていた。仕事は迅速で、泥棒どもはすぐさま現場から立ち去ると、安全が確保された隠れ家で価値のある宝飾品と安ぴか物を選《よ》り分ける。

もちろん、シワの守護者《メケティ》である僕の父親は、メンナのいかなる動向にも注意しており、連中が接近する時期を把握するのも父の仕事のひとつであった。

そしてついに、メンナはシワのすぐ近くまでやってきた。

6

ラビアは不在だった。僕は彼女の自宅の前に腰を下ろし、帰宅するまで待つことにした。刻一刻と焦燥感が募ったが、ようやくラビアの姿が通りの向こうに見え、大きく安堵《あんど》した。市場からの帰りなのか、籠《かご》いっぱいの果物を抱え、ゆっくりとこちらに歩いてくる。

「今日会えるかしら、と思ってたところよ」

彼女は立ち止まらず、笑顔も温かい歓迎もなく、すたすたと目の前を通り過ぎていく。僕は無言で後に続き、家の中に入った。上着を脱ぎ、持っていた籠《かご》を置いたラビアは振り返り、腕組みをして立ったまま、こちらを長いこと見つめていた。まるで自分が値踏みされているかのようで、居たたまれない気持ちになった。

ラビアは、僕の母よりほんの少しだけ年上だが、ふたりとも性格がよく似ている。勝気で、ずけずけとものを言う（父に辛辣《しんらつ》な物言いをたしなめられるたび、「私は正直なだけ。それって何も悪くないわよね」と、母は言い返していた）。とにかく、ラビアにも母にも、僕は全てを見透かされている気にさせられるのだった。

そして今も、まさしくそう感じていた。

「気持ちは決まってるようね」

ようやく〝品定め〟が終わり、ラビアは口を開いた。「いいことだわ。シワの守護者の血筋には、決断力が必要だから。で、あんたは父親がいなくなった今、秘密を知りたいと思ってる。そうでしょ？」

「そうかもしれない」

ラビアが何を言わんとしているのか模索しながら、僕は慎重に返事をした。

「秘密の核心にどれだけ近づいてると、自分で思ってる？」

彼女に訊かれ、僕はぎくりとした。相手の表情から、胸の内を読み取ることはできない。ただ、ラビアはその目を少しだけ細めていた。

「僕は父さんから多くを学んだ。過酷な砂漠で生き延びるための術《すべ》とか、戦闘術とか」

「生き延びるための術ね……」

含みのある言い方だった。「あんた、それはヌビア人から学んだんじゃなかったの？」

僕が幼い頃、シワの村外れでヌビア人が天幕《テント》を張って仮住まいをしていた。僕は、その部族の少女ケンサと友だちになった。彼女は僕よりも年下だったにもかかわらず、狩りの仕方や罠の仕掛け方などいろいろ教えてくれたのだった。のちに、ケンサがそうしたのは、母の差し金だったことがわかった。母は、ヌビア人の狩りの技術や厳しい環境下で生き抜く能力を高く買っており、手本にするには最適だと考えたらしい。

「そうだよ」

僕はラビアに素直に明かした。「でも、ヌビア人が移動した後は、父さんが僕を訓練してくれるようになった。戦闘と防御のやり方だけは、父さん仕込みだよ」

「確かに」

ラビアは首を縦に振り、「それで、訓練はどのくらい進んだの？」と問いただした。彼女の目がこちらをじっと見据えている。僕は頭の中も心の中も見られている気持ちになった。なぜなら、言葉尻から感じ取れたラビアの考えは図星だったからだ。どういうわけか、訓練は遅々《ちち》として進まなかった。僕の才能云々《うんぬん》の問題というよりは、父は見るからに乗り気ではなかったのだ。ラビアと母は、僕をもっと訓練しろと父を急《せ》かしに急かしていたものの、「バエクにはまだ早すぎる」と、父はのらりくらりと次の段階に移るのを先延ばしにしていた状態だったのだ。

僕は訓練が何年も続くだろうとわかっていたし、「バエク、訓練に終わりはない。一生学び続けるんだ」と、父に何度も聞かされていた。六歳からずっと行ってきたかに思える訓練だが、正式に開始したのは十五歳になってからで、実際のところほとんど何も進歩していないに等しい。

今、ラビアも同じように感じているらしかった。

「ねえ、正直に話して。訓練は、本当はもっと進んでいて然《しか》るべきだったと思ってるんじゃないの？」

僕は頭を垂れ、「……うん」と認めた。

「よろしい」

ラビアの顔がほころんだ。「あんたの父さんが訓練を進ませなかった理由はなんだと思う？　どうしてあんたの訓練は、未だ終了にはほど遠いのかわかる？」

「心からその理由を知りたいと思ってる。アヤとの友情が、何か関係してるのかな？」

「友情ねぇ……」

彼女はくすくすと笑った。「なかなか面白いことを言うわね。友情だって。あんたたちふたりが一緒にいるのを見たことがあるわ。船底のフジツボみたいにくっついてた。仲良しの話し相手だと思っているのは幼いあんただけで、おませな女の子はどう考えているのか、そろそろ悟ってもいい頃かもしれないわよ」

自分の顔が赤くなるのがわかった。ラビアがにやりとしたのを見て、僕はますます居心地が悪くなった。

「もしもあんたの父さんが、訓練が進まない原因がアヤとの友情だとあんたに思わせていたなら、それは、本当の理由を隠すためだったのかもしれない。私にはわかる。きっと何かあるはずよ。他に本当の理由がね。ねえ、メンナに襲われた夜のこと、覚えてる？」

「えっ！　じゃあ、メンナと関係があるってこと？」

「私の質問に答えるのが先よ。あの晩、何があったの？」

　僕はラビアを見返した。当時、僕は六歳だったが、あのときの記憶は今でも鮮明だ。


　それは静かな晩だった。僕は寝床に横たわり、両親の会話に聞き耳を立てていた。父は、村に突如現われた見知らぬ顔の連中について、すでに報告を受けていた。本人たちは商人だと語っていたが、実際に価値のある品を取り引きしている様子はないらしい。新顔たちは墓泥棒の一味に違いなく、村外れの荒れ地に野営して拠点にしているはずだと父は主張し、それはまさしくメンナの常套手段《じょうとうしゅだん》だった。

　幼い僕にとって、そんな情報はなんの価値もなかったが、メンナがシワに迫っているとの噂が広まると、僕は急に引っ張りだこになった。特に、友だちのヘプツェファとセネファー（この頃、僕はまだアヤとは出会っていない）は、毎日、何かしら聞き出そうとしつこかった。メンナが墓荒らしの大群を引き連れてシワにやってくるのは事実なのかとか、奴の牙みたいな歯の尖端には本当に毒が塗られているのかとか。正直言って、友だちの気が引けることを僕は楽しんでいた。それは、村の守護者の息子であることの利点のひとつだったと言ってもいいだろう。

その晩、僕の睡眠は断続的で、奇妙な夢を見た。夢の世界の僕は岩の前に立ち、洞穴を覗き込んでいた。穴の奥に広がる漆黒の闇に圧倒されていると、ふたつの目玉と白い歯がぎらりと輝き、僕はぎょっとした。食い入るように見つめていたところ、それはネズミのものだとわかった。さらに一匹、もう一匹。暗闇に慣れるにつれ、目が捉えるネズミの数はどんどん増え、洞窟は大量のネズミで埋め尽くされていたことに気づいた。脂ぎった丸っこい身体。無数の小さな塊が身をよじって蠢《うごめ》き、それぞれがより高いところに這《は》い上がろうとしている。こうしてネズミの山がどんどん膨れ、頂《いただ》きが盛り上がっていく様子に、僕の目は釘《くぎ》づけになっていた。かさかさと何かを引っ掻き、もぞもぞと動き回る音も次第に大きくなっていく。一体、このままどうなってしまうのだろうか……。

次の瞬間、僕は目を覚ました。目前の光景は違っていたが、ネズミの立てる音は続いていた。違う、ネズミじゃない。僕の部屋で鳴っている……？

それは、窓の外から聞こえてきた。

僕は慌てて飛び起き、寝床の上に座り込んだ。部屋の向こうに何かがいる。こそこそと動く様子から、最初はネズミか何かの小動物だと思った。しかし、ネズミにしては大きすぎる気がした。犬かもしれない。

再び、例の物音がした。やっぱり犬か？　いや、違う。犬はあんな音を立てない。犬は、こそこそと人目を盗む行動などとらないはずだ。

つまり、外には〝誰か〟がいる。僕は視線を滑らせ、寝室の窓を覆う布に目が止まった。最初は、風で布が揺れているのかと思ったが、なんと、指が見えたのだ。続いて指の付け根の関節も。手は窓枠を触りながら、慎重に室内に入る道を探しているように見えた。

見知らぬ男の顔と上半身が現われたかと思うと、そいつは開いていた窓をいとも簡単に抜け、するりと部屋の中に入ってきてしまった。男の目は邪悪な光を湛《たた》え、口には湾曲した短剣がくわえられている。

侵入者がゆっくりと立ち上がるのと同時に、僕は寝床から飛び降りた。本能が〈逃げろ！〉と叫び、脳が脚に〈動け！〉と命じたものの、身体が言うことを聞かなかった。動くことも、叫ぶことも、何ひとつできなかったのだ。恐怖のあまり、僕は凍りついてしまった。

そいつは、片目が異様に歪んでいた。暗い色の薄汚いチュニックと地面に届きそうな長い丈の上着という出《い》で立《た》ちで、その裾が窓からの風で揺らめいている。口にくわえていた刃物を手に取った男はにやりと笑ったが、てっきり先が尖った黒い歯が見えるのかと思ったら、口の間から覗いたのは、ごく普通の歯並びの悪い汚い歯だった。シワの道端で友だちと立ち話したときに話題に上がったような、見るも恐ろしい牙ではなかった。

そいつは唇に指を当て、静かにしろと身振りで示した。僕はそれでも逃げ出したくてたまらなく、なのに相変わらず脚は動かなかった。男が一歩ずつ近づいてくる間も、その場に根が張ったかのように立ち尽くしたままだった。敵の刃物の先がこちらに向けられている。まさに、ゆっくりと頭を振るヘビに睨《にら》まれたカエル状態だ。刃《やいば》が揺れるたび、反射光がきらめいてあちこちを舞う。恐怖の真《ま》っ只中《ただなか》なのに、その光景になぜか魅了されている自分がいた。

僕は口を開けた。今思えば、口が開いているのを感じ取っただけなのだろうが、〈身体が動く!〉と心の中で歓喜した。僕は重要な最初の一歩を踏み出せたのだと思った。ならば、叫ぶこともできるはずだと、己に必死に訴えていた。

恐怖に打ち克《か》ちさえすれば。

男は徐々に近寄ってくる。人差し指を唇に当てたまま。

さらに複数の仲間が到着したのか、外から、ひそひそ声と小さな足音が聞こえてきた。

僕は別室で就寝中の父さんと母さんに思いを馳せた。両親に危険が迫っているのは、明らかだった。

懸命に声を張り上げようとし、悲鳴が喉元に上がってくる感触がわかった。今、叫び声は口の中で泡立っている。あと少しだ。もうちょっとで唇の隙間から漏れ出す。そのときだった、よく知る声を背中で聞いたのは。

「なるほど！」

父さんは不審者に大声で言い放った。「おまえの元締めは、私を黙らせたいようだな」

事態は急展開した。にやついていた侵入者は真顔になり、一瞬退いたかに思えたが、「やれ！」という掛け声とともに突進していった。

振り向いた僕は、父の背後にふたり目の敵が立ちはだかっているのを見た。

「父さん、後ろ！」

僕の叫びで父は身を翻《ひるがえ》し、電光石火の速さでふたり目の侵入者に短剣を刺して引き抜いた。刃物を抜き取る瞬間に手首を捻《ひね》り、相手に確実に致命傷を与える。鋭利な刃は赤く濡《ぬ》れていた。敵は片膝をつき、そのまま崩れ落ちた。最初の侵入者の攻撃をかわすため、父は身体を回転させたので、短剣は弧を描いて空を斬《き》った。さっきから同じ場所に突っ立っていた僕は、顔に生温かい飛沫《しぶき》がかかったのを感じた。

父の動きは俊敏だった。片目が歪んだ男は、仲間が呆気《あっけ》なく倒されたことに動揺したのか、すでに二歩下がっていた。父さんの短剣に比べたら、見るからに、そいつの武器は十分ではない。

父さんは僕に駆け寄り、二の腕を摑んで戸口の方に押し出した。勢い余った僕はよろめき、ふたり目の敵の死体の上に倒れ込んだ。

僕の背後で、父を呼ぶ母の声がした。

「サブ！」

振り返った父は、僕をぐいと引っ張って立たせ、そのまま一緒に家の奥へと進んでいった。

入った部屋では、食卓と椅子の間に母が立っていた。手には、鮮血が滴る短刀が握られており、その目は危険なほどに血走っていた。そして、足元には何者かの死体が転がっている。そこには、もうひとり別の男がいた。数えて四人目の侵入者だ。ちょうど扉から入ってきたところで、歯を剝き出し、武器をかざして襲い掛かってきた。僕たちを追ってきた最初の侵入者も入ってきた。母に呼ばれて僕が走り寄るのと同時に、父は両方の敵と対峙《たいじ》した。

「アーモス、バエクを安全なところへ！」

肩越しにそう怒鳴った父は、短剣を下から掬《すく》い上げるように繰り出していた。

次の瞬間、暴漢のひとりが金切り声とともに倒れた。腹が裂け、内臓が一気にこぼれ落ちる。もうひとりの輩が怒号を上げながら振り下ろした刃物が、父の短剣にぶつかって鈍い金属音が響いた。母は僕を連れ、両親の寝室へ向かった。僕は何度も振り向き、屈んですばやく向きを変えた父の剣が、両手で握られた敵の武器の刃をがっちり捉えるのを見た。しかし、さらにもうふたりの男たちが飛び込んできていた。それでも、父は取り乱すこともなく至極冷静だった。父の短剣が閃き、真っ赤な血飛沫が飛び散る。表情を全く変えず、無駄な動きひとつせず、舞うように敵を切り裂く父。殺し屋たちに取り囲まれている状態だというのに、僕はこれほどまでに安全で、守られていると感じたことはなかった。

ところが、その気持ちはすぐに掻き消された。寝室へ駆け込むや否や、母と僕は、ちょうど窓から侵入してきた新たな敵が床に降り立つのを目《ま》の当たりにしたのだ。

「おいおい、戸締りはきちんとしておかないと」

男はにやりと笑い、刃物を引き抜いた。万事休すか。僕は目をつぶった。

だが、それが相手の最後の言葉となった。というのも、暴漢が襲撃するよりも先に、母が勇敢にも二歩踏み出し、持っていた短刀を男の胸骨の間に突き刺したからだ。

「わかったわ。もっと厳重にしないとね」

母がそう言って刃を引き抜いた途端、男の身体は床にくずおれた。唖然《あぜん》としている僕に、母は「そこでじっとしていなさい」と寝床を指して告げ、武器を掲げたまま壁に背を密着させ、そっと窓の外を覗き込んだ。誰もいないことを確認した後、母は速やかに扉へ移動した。血濡れた刃物と床をかすめてふわりと揺れる上品な白い鞘《シース》型ドレスの裾。対照的な組み合わせが、僕の目に焼きついた。

何者かの影が動き、母は身を引き締めて臨戦態勢をとった。だが、すぐにそれが父だったと気づき、母は安堵のため息をついた。荒い呼吸で父の肩は上下し、全身血まみれの姿は、戦いの凄絶《せいぜつ》さを物語っていた。とにかく父は生きていた。向かいの部屋の薄暗い明かりの下、床の上に奇妙な塊がある。目を細めて凝視すると、それは、父の刃に倒れた連中の骸だとわかった。

母は父に駆け寄るなり、「あなた、大丈夫なの?」と訊ね、赤く染まったチュニックを触って怪我《けが》の具合を確かめようとした。

「大したことはない」

父はそう答え、母の肩越しにこちらを見た。「バエク、怪我は?」と問い、寝室に転がる死体に眉をひそめた。

「私たちは平気よ」

母の返事に、父はうなずいた。

「そうか、なら良かった。すまないが、私は出掛けなければならない」と言い、母と僕を交互に見てからさらに続けた。「遺物や宝飾品、供え物を狙って、奴らが神殿を襲撃する可能性が高い。神殿にある物を根こそぎ奪うつもりだろう。連中はいかなる神も恐れない。神官《オラクル》の怒りを買おうが御構いなしだ。あいつらを止められるかどうかは、私にかかっている」

「向こうは大勢なの？」母が訊く。

「残っているのは、メンナが利用している作業人員と職人がほとんどだろう。戦闘人員は、私を殺《あや》めるべくここに送られたはずだ。向こうは今頃、私が冷たい屍《しかばね》になっていると思っているに違いない」

油断しないようにと言い残し、父は神殿に出発し、急に家の中が静寂に包まれた。気がつけば、我が家は死体置き場と化している。母は壁にもたれかかって座り込み、頭をうなだれた。両手を洗っているかのように擦り合わせ始めたので、どうしたのかと思ったら、母は震えていた。敵と戦っていたときは無我夢中で、突然、恐怖が押し寄せてきたのかもしれない。しかし、これで全てが終わったわけではない。悪党が再び襲ってくる可能性はあるし、そうなった場合、母はまた命懸《いのちが》けで戦わなければならないのだ。

侵入者に立ち向かい、刃物を突き刺した母。あの晩の行動には、躊躇も動揺もなかった。

両親が流血沙汰《りゅうけつざた》を起こすのを目撃するのは、あれが初めてだった。父はやるべきことをやったまでで、しかも、その仕事ぶりは見事としか言いようがない。襲撃時の混沌《こんとん》は、残酷で恐ろしい時間だったが、僕の中には、父に守られているという強い安心感と守護者たる父への熱い憧れと尊敬の気持ちが依然として渦巻き続けている。騒動直後に茫然自失《ぼうぜんじしつ》としていた母も、ほどなく瞳に力と自信がみなぎるようになった。きっと僕と同じ感情が不安を凌駕《りょうが》したのだろう。そして、自分自身と家族を守るには、どこまでやらなければならないのかを実感したのかもしれない。それから何年もの間、母はじっと自分の手のひらを見つめていることがたびたびあった。手を眺め、ぼんやりと物思いにふけっているのだ。彼女は、あの夜の出来事を思い出していたのだろうか。

僕は母のもとに歩み、隣に腰を下ろした。母が立ち上がって、何が起きたのかを誰かに告げに行くまでの間、僕たちは寄り添い、静かなひとときを過ごした。

僕は話を終えた。当時の記憶に対して感覚が麻痺《まひ》している気がした。

「あんたの父さんは連中の暗殺計画を阻止し、神殿を守ったわけね」

事の一部始終を聞いたラビアは、棗椰子《なつめやし》の皮を剝き、果肉を折り曲げて種を取り出すと、それを口に放った。「もちろん、私は現場にはいなかった。でも、彼から聞いた話では、奴らは実際に神殿への襲撃を開始していて、そこで働いている大勢がすでに犠牲になっていたそうよ。神官もひとり亡くなった。サブが止めに入らなければ、墓泥棒たちは神聖な場所の貴重な品々を奪い、神官を全員殺していた可能性もあった」

「メンナ自身はそこにいたの？」

「サブから聞いてないの？」

「父さんは、その件について何も話してくれなかったから」

ラビアはほんの少しだけ眉間にしわを寄せ、こちらを見た。鋭い目が僕を射抜く。彼女は小さくひと呼吸ついてから口を開いた。

「ええ、メンナはそこにいたわ。まんまと逃げられてしまったけど」

そこで一旦言葉が止まり、ラビアは、次に何を言うべきかと思案しているような表情になった。しばしの沈黙の後、彼女は顔を上げた。「あの夜以来、あんたの父さんにとって全てが変わった。彼は、愛する家族までが暴力に晒される光景を目の当たりにした。そのせいで、守護者の人生に疑問を抱くようになったのよ。自分の進むべき道というだけでなく、あんたが後を引き継いでたどることになる道でもあるわけだから」

父さんの後を継ぐ。ラビアの言葉を聞いて、僕ははっとした。そうなのだ。自分は将来、シワの守護者になる運命にある。

「サブはね、あんたが心配なのよ。だから、守護者になる訓練を進めるのをためらうようになった。彼は、あんたをあらゆる暴力から守る盾になりたいって言い出したのも、その頃ね。バエクはまだ準備ができていないとかなんとかと、訓練をしぶり出したから、私とアーモスで、どんな言い訳も訓練を遅らせる理由にはならないって諭そうとしたんだけど、とにかくサブは、バエクには早すぎるの一点張りだった」

「僕は訓練を進める覚悟も準備もできてたのに。父さんの後を継ぐ人生以外望んでない」

ラビアは片眉を上げ、さらに鋭い目つきになってこちらをじろりと見た。やっぱり全てを見透かそうとしている。

「本気でそう思ってる？　その気持ちを態度で示した？　シワの守護者をやりながら、アヤとの〝友情〟も持続させるわけ？　そこはどうやってうまく続けていくつもり？　彼女がアレクサンドリアに戻りたいと思っている気持ちはどうするの？　シワの守護者になるってことは、何があろうとここに住み続けるってことでしょ？　それに、自分が後継者としてふさわしい人間だって、どうサブを説得するのよ？」

「それは……これから、なんとかうまくやれればいいけど……」

「なんとかうまくやれればいいけど⁉　何、その甘い考え！」

ラビアは思い切り噴き出した。「全然ダメね。他に何か答えはないわけ？」

彼女に一方的に言葉で殴打されている気分だった。もぞもぞと身体の重心を変えた僕は、拳も武器も使わない戦いがあることを認めた。

「これまで親孝行してきたつもりだよ」

それを聞いたラビアは目を剝き、鼻で笑った。どうやら僕の返答は、及第点ではなかったらしい。

「まだまだね。他には？」

僕は首を傾《かし》げ、少し考えてからこう答えた。

「何をすれば、シワの地にふさわしいと人間だと思ってもらえるのか、逆に父さんに訊いてみるかもしれない」

「バエク、サブは不安でいっぱいなの」と、彼女は言い放った。口調がきつくなっている。「あんたに対しても、自分に対しても、あんたに教える守護者としての生き方も武器の操り方も、全部ね。きちんと納得した答えが得られるまで、彼は悩み続けるわ。で、結局、あんたがサブと同じ道を歩みたいっていうのは本心なのね？」

今度は僕が目を丸くする番だった。

こちらの反応を見て、「何よ？」と、ラビアは眉をひそめた。

「今日、アヤにも全く同じ質問をされたんだ」

ラビアの表情が一瞬変化した。彼女はアヤの夢や僕の夢に思いを馳せたのだろうか。僕たちがいつか衝突し、それをどう解決するのかと考えていたのかもしれない。

「で、あんたはなんて答えたの？」

「僕はそうだよって言った」

「でも、それはあんたの父さんがここにいることが前提だったわけでしょ。今はどうなの？」

アヤがアレクサンドリアに行ってしまったら、僕は一体——。心に一瞬浮かんだその疑問は、声に出さず、胸の中に留めておくことにした。

「今も気持ちは変わらない」

僕は背筋を伸ばし、まっすぐにラビアを見つめてきっぱりと答えた。守護者になることは、もはや子供の憧れではない。自分がこれからの人生をどう生きるかを考えたとき、他に選択肢はなかった。

「サブは今のあんたを見るべきだったわね。きっと気が変わっただろうに」

腹立たしげに首を小さく横に振り、以前母が口にしていたのと同じことを言った。「サブとあんた、もっとぶつかり合う必要があったのよ」

僕は胸に拳を当て、こう返した。

「じゃあ、父さんは僕の胸の内を見なかったってこと？」

「その逆。おそらく、見すぎたんだと思う」と、ラビアは簡潔に答えた。

それは、予想していた返事ではなく、驚いた僕は均衡《バランス》を崩しそうになった。肉体を伴う戦いだったなら、すかさずラビアの勝ちという結果になっただろう。しかし、僕はアヤと話し合うことには慣れていた。彼女は学んだ歴史や哲学を僕に話してくれるのだが、ああだこうだと議論に発展するのがしょっちゅうだ。だから、ラビアの言葉も納得がいくまで追及するつもりだった。

「どういう意味？」

「とにかく、疑問だらけだったのよ」

彼女は同じようなことを繰り返し、明言を避けた。「おそらく、サブは親の視点であんたを見ていたから、成長したらしたで喜んでいたんでしょうけど、とにかくあんたの未熟さばかりが目についた。そのせいで、子供の勇敢な本質を見抜くことができなかったのね」

僕はラビアを睨み返した。

「じゃあ、ラビアは見ることができる？」

彼女はうなずいた。「もちろん。あんたの中に、守護者としての心構えが芽生え始めてるわ」

「なんで父さんはそれがわからなかったんだろう？」

「たぶん、あんたのことをあくまでも〝可愛《かわい》い息子〟だと見てしまっていたからでしょうね。だから、それ以外のあんたを見極めることができなかったんだわ」

「どうして父さんは旅立ってしまったの？」

僕は唐突に話題を変えた。ある意味、言葉で奇襲攻撃を仕掛けたようなものだ。「メンナと何か関係が？」

ラビアは考え込んだ。唇が微かに動き、何か言葉が漏れそうになっている。しかし、即座に気を取り直したのか、「本当に、何も知らないの」と答えた。

「でも、父さんがラビアに話しかけてるのを見たよ。ふたりでひそひそ話してたよね？父さんから何か伝言を受け取ったんでしょ？」

彼女はやれやれというように首を振った。苛立ちが滲み出ている。

「サブは何も手がかりを残してない。正確に言えば、今はまだ真実を知るには危険すぎると言っただけ。この場合の真実とは、彼が呼び出された理由のことよ」

僕は頭を抱えた。ラビアは〝真実〟を知らないのか。

「だったら、僕はなんでここに突っ立ってるんだ？　ラビアが父さんから何か聞いてると思ってやってきたのに。すぐに使者を追いかけないと」

「使者?」

「うん。父さんに報せを伝えた本人だから、内容を知ってるはず。シワの守護者である父さんが守るべき土地を離れるなんて、よっぽどのことだ。その理由は、もはや使者からしか聞き出せない。彼はジャウティから来たんだ」

ラビアはいきなり大きく破顔し、「ちょっと待った」と、両手を上げた。その笑顔とは裏腹に、目にはまだ不安の色が残っている。

「この事態は、バエクが思うほど簡単じゃないわ。もっと複雑で危険な匂いがぷんぷんする。あんたをこのまま行かせたら、アーモスに顔向けできないじゃない」

彼女と母は、しばしば同盟関係を結ぶ。しかし、普段から仲がいいからといっても、竹を割ったような性格の似た者同士のふたりゆえ、意見が合わないときは相当な口論に発展する。彼女たちの過去の口喧嘩《くちげんか》に関しては、巷《ちまた》でも小声で語られるほど、いくつもの逸話が残っているのだ。

「それに――」と、ラビアは続けた。「あんたが知るべき事実はもっとあるのよ。あの夜――」

「今は時間がないから、その件はまた今度。もう行かなくちゃ。ねえ、母さんをうまく説得してくれるよね?」

彼女は片眉を上げて苦笑いを浮かべていた。

「そうできればいいけどね」

7

「まさか。この子まで出ていくなんて。そんなことあり得ないわ」

母さんは両手で頰を覆った。僕とラビアを交互に見、結局僕に視線を戻す。その顔は紅潮していた。母とラビアはいい友だちだが、この瞬間、その事実はほとんど役に立たなかった。

「バエクはサブの訓練を受けていたし、ヌビアの民から砂漠で生き残る術を学んだわ」

そう主張するラビアは、極めて冷静を装っていたが、背中に回した手は固く握られていた。

「でも、訓練はまだ途中よ。サブが終わったと言ったわけじゃないでしょう?」

「アーモス、バエクには素質が十分備わってるかもしれない」

しかし、母は全く納得する気配を見せなかった。

「ラビア……あなた、何か企《たくら》んでるわね?」

「そんなことない」

ラビアは否定し、首を振ったが、僕は彼女が何度も瞬《まばた》きしているのがわかった。「私は、あなたたち家族とシワにとって最適な道を望んでるだけ」

母は眉をひそめた。

「なんだかずいぶんと都合のいい話に聞こえるけど？」

物言いはきつかったが、決して母はラビアを責めているわけではない。母はおそらくなんらかの事実を知っている。そして、ラビアの言い分を認める前に、何かを見極めようとしていたように思えた。

「バエクになんて言ったの？　さあ、正直に話して。あなたがあの夜のことをどうこの子に伝えたかを」

「私はただ、サブの言葉を話しただけ。今はまだ、彼が呼び出された理由を知るには危険すぎるって」

「それだけじゃないはずよ。もっと話してる。絶対に」

ラビアの肩に力が入った。背中側の手も、白くなるほどぎゅっと握り締められている。

「アーモス、わからないの？　私は本当のことを話しているのに」と、ラビアはきっぱりと答えた。

不穏な雰囲気を察した僕は、ふたりの間に割って入った。

「母さん、ラビア、落ち着いて。父さんが旅立った理由がなんであれ、僕はもう心を決めたんだ」

彼女たちの視線がたちまち僕に注がれた。ラビアは冷静だったが、母は悲しそうに頭を振った。ふたりとも、次にどんな言葉が続くかわかっているはずだ。

「僕はここを——」

「待って」

母は僕をさえぎった。「それってお父さんが望むこと？　私にはそう思えない」

「アーモス、この際、サブは抜きにして考えましょう。彼はもうシワにいないんだから、正しく判断する基準にはならないわ」

ラビアはしかめ面《つら》をして提言した。

母は何かを言おうとしていたが、言葉を呑《の》み込み、まるで自分を納得させるかのようにゆっくりとうなずいた。ラビアが言ったことが何を意味していようと、理解していたのだ。たとえ僕が理解していなくても。

「ラビア、あなたは家に帰るべきだわ。バエクとこの件について話したいの」

母は穏やかに相手にいとまを促した。

友がなんらかの結論に達したのを悟ったらしく、ラビアは異議を唱えなかった。しばらく見つめ合うふたりは、相容《あいい》れない複雑な感情を視線で訴えているかのようだった。そして、ラビアはこちらを意味ありげに一瞥し、出ていった。

「おまえは、まだ準備ができていないわ」

そうつぶやいた母だったが、確信があって言ったものではなさそうだ。

いつも父から聞かされた言葉を母の口から聞くのは、奇妙だった。母もラビアも、迷いがあった父とは逆に、守護者《メケティ》の訓練を受けたいと願う僕をいつだって後押ししてくれた。

「そうやって引き延ばされてたら、一生準備ができないよ」

僕は昂《たかぶ》る気持ちを抑え切れず、つい強い口調で言ってしまった。「とにかく行きたいんだ」

「おまえの訓練を手助けしてきたけれど、この展開は考えたことはなかったわ」

母はため息をつき、また頭を横に振った。

「母さんに限らず、こうなることは、誰も予想してなかったと思う」

どうして僕は苛立っているのだろう。その原因は、母でもラビアでもない。きっと父に対する感情だ。こんなふうに何も言わずに旅立つなんて。父さんの運命なのかもしれないけれど、その選択は僕や母さんの人生にも関わるのだから、僕たちに理由を告げなかったのは、どうしても自分勝手な行動だと思ってしまう。

母は顔を歪めて苦笑した。

「ねえ、もう一度考えてみて。母さんからのお願いよ。ひと晩よく考えて、明日の朝になっても決心が揺るがなかったなら、もう止めたりしないわ」

その夜遅く、僕は寝床に横たわり眠ろうとしたが、目は冴《さ》える一方だった。そこで夜の静寂の音に耳を傾けていると、母が部屋にやってきた。

「おまえの大きなため息、神殿まで聞こえてるわよ」

彼女は静かに言った。「気持ちは変わらないのね」

それは問いかけと言うより、母自身の想いだろう。

僕はこくりとうなずいた。

「じゃあ、行きなさい。今すぐ」

母は息を吐いた。「気温が上がる前に。シワの村が眠っている間に。私の気が変わらないうちに」

そう言って、旅のための鞄を差し出した。中身はおそらく、革の水筒と食べ物だろう。いずれは生き抜くために狩りをし、オアシスを探さないといけなくなるだろうが、当面はこれだけで十分だ。

「たとえ母さんの気が変わろうと、関係ないよ。僕の決意は固いんだから」

「そうだったわね。おまえは父さんに似て頑固だもの」

母はにやりと笑い、僕も白い歯を見せた。頑固なのは、母さん譲りだからだ。

「アヤに話すべきかな？」と、僕は母に訊いてみた。

「あの子はわかってくれると思う？」

「たぶん」

アヤは僕の旅立ちを心配するだろうが、きっと認めてくれるはずだ。

「彼女にさよならを言うのは辛い？」

「そんなことないよ」

「とにかく、おまえが決めたことなんだから、しっかりやりなさい」

母はそう言い残し、部屋を出ていった。ひとりになった僕は、必要な荷物をまとめ、帯革を締め、腰に巾着をいくつか下げた。うちひとつを小銭入れとし、家や街の人たちの手伝いをしてこつこつと貯《た》めた硬貨を注ぎ込む。一枚一枚自分で稼いだ金だが、旅をするのに十分な額であることを祈った。

母に別れを告げた。僕を強く抱き締めていた母は力を緩め、戸口で息子の旅立ちを見送った。僕が何度も振り返ると、さっさと行きなさいと言わんばかりに手を払い、顔を背けた。その目に涙が光っていたのを、僕は見逃さなかった。

外に出た僕は、鞄を背負った。オアシスの上に浮かぶ銀色の月に照らされた道は人気《ひとけ》がなく、ひっそりと静まり返っている。馬が待つ家の外の馬小屋へ向かう僕を、月は黙って眺めていた。

村外れへと馬で目指す途中、アヤが叔母へリトと暮らす家が見えてきた。夜更けに訪ねてきたことは何度もある。窓の下から名前を小声で呼び、彼女が窓を開け、こっそり地面に降りてくるのを胸をときめかせながら見つめていた記憶が蘇ってきた。今夜だってそうすることはできる。満天の星の下、ふたりで心ゆくまで話し、手を握り合い、口づけを交わす――。ふと、アヤを置いていくことに耐えられるのだろうかと、自分に問いかけた。初めて目にしたときから、ずっと彼女が大好きだった。僕はオアシスに育まれた小さな村シワの少年で、村の守護者の息子。そして、自分勝手だ。彼女は大都市アレクサンドリアから来た女の子で、常に他人の立場になって考えることができる。

アヤなら、きっとわかってくれるだろう。彼女と僕は、ふたりともあることを待ち続けていた。僕は、自分の運命的な人生が滑り出す瞬間を。彼女は、両親のもとで勉学に励むため、アレクサンドリアに呼び戻される日を。彼女は、僕がいつかは己の道を歩むことになり、やがて旅立つことを知っている。しかし、僕が何も告げずに旅立つとは思っていないはずだ。今宵《こよい》、僕は自分自身のためにそうすることにした。自分勝手。そう責められても仕方がない。だが、アヤの顔を見たり、彼女の声を聞いたりしたら――。だから、黙ってこの地を出ていく。他の選択肢は考えない。

「ごめん」

僕は小声で彼女に謝った。その言葉は、凍える夜気に触れ、小石のようにこぼれ落ちた気がした。

8

エジプトは二種類の土地に分かれている。〝黒い土地《ブラックランド》〟と〝赤い土地《レッドランド》〟だ。ブラックランドはナイル川流域の肥沃《ひよく》な土地で、人々が農作地として活用している。ナイル川が氾濫《はんらん》するたび、黒い沈泥《シルト》が露出するのが名前の由来だ。一方のレッドランドは、不毛の砂漠を指す。夕陽を浴びて広大な砂漠が一面真っ赤に染まる光景の美しさは、とても言葉で言い表わせない。

ジャウティへの行程は、延々と続くレッドランドを横切る旅となった。夜間は野営をするのだが、岩を積み上げて風よけを造り、暖を確保しないといけない。夜の砂漠ほど寂しい場所は他にはないと思い知らされ、空を飛ぶハゲワシの音だけが孤独感を和らげてくれた。

僕はアヤを恋しく思った。彼女に自分の価値を認めてもらうためだと己に言い聞かす。アヤだけじゃない。父、母、ラビアにも力量を示さなければ。そう思い、自分を奮い立たせた。

　砂漠横断の旅が成功するかどうかは、飲み水の確保に左右される。持ってきた水がいよいよ心許《こころもと》なくなってきたため、僕は簡単な蒸留装置をこしらえた。地面に穴を掘って革生地を被《かぶ》せ、直射日光を当てて革生地の裏面に結露を発生させるのだ。また、植物を見つけるたびに茎を折り、吸ったりもした。鼻呼吸を心がけ、歩く速度を一定にすることで、体内の水分を失わないように気をつけた。これらは、ヌビア人のケンサや父から教わったことだ。成長するにつれ、アヤと僕は一緒に自称〝冒険の旅〟に出かけ、仮住《シェルター》まいの場所を作り、狩りをし、食糧を調達したものだった。

「動物を狩るときは、風に逆らうか、風を横切る形で行うこと。狩りに最適の時間帯は、夜明け前、動物たちが巣から出てくる頃……」などと、自分が習ったことを、我が物顔でアヤに教えていた。

　優秀な指南役たちのおかげで、僕は、どんな痕跡や目印に注意すればいいかも知っていた。糞《ふん》を見れば、なんの動物か言い当てられるし、肉が温かいうちの皮の剝ぎ方も心得ていた。肝心なのは、臭腺《しゅうせん》を除去すること。そうすると、悪臭を放って肉を台なしにすることもない。どこに切れ込みを入れるかも大事だ。胃や他の消化器官を裂いてしまわぬよう気をつけねばならない。

殺した獲物は、砂漠の灌木《かんぼく》を焚《た》き物にして熾《おこ》した火で調理した。手に入ったのは、野ウサギ、野ネズミ、野生の羊やヤギ、ブタなど（ただし、野ブタの皮を剝ぐことはできない。最初に内臓を抜き取り、毛を焼き落とすのだ）。肝臓《レバー》はそれほど加熱する必要はなく、腎臓《キドニー》は素晴らしい栄養源になるが、茹《ゆ》でなければならない。同じく腸も茹で、心臓は火で炙る。足はゼラチン質が豊富な部位で、匙《さじ》ですくって食べる。舌と骨はじっくり煮込み、脳味噌《のうみそ》は皮のなめし剤として取っておく。臓物は罠用の餌として利用し、血は栄養補給のために飲み、口が渇かぬように目玉をしゃぶる。こうして、犠牲にした命はほとんど無駄にすることなく活用するのだ。

　最初の武器は、小石を飛ばす投石器《スリングショット》だったが、一番自慢できるのは弓だろう。作ったのは、旅の最大の難所を越える辺り。川が近づくにつれ、土地はどんどん肥沃になっていった。常緑針葉樹のイチイの若木の枝を切って、しなやかな弓板にすることにした。

「こうやって腕を伸ばして枝の両端を摑んでごらん。それが、おまえが持つべき弓の長さだ」

　そう話す父の声が蘇る。彼は、弓作りの過程を丁寧に見せてくれた。木の皮を剝いで弓板となるよう端を徐々に細くし、先端に弦を差し込むための刻みを入れる。それから、弓らしい形に少しずつ削っていくのだ。僕は学んだ通りにやった。最後の仕上げに、仕留めた獲物の脂を弓板に擦《す》り込む。弦に使ったのは、牛の生皮で作った鞕《むち》。結び目を強化し、弓の張りを保持するために、弓板の端にも皮を巻きつけた。

言うまでもなく、矢も手作りだ。イチジクのまっすぐな枝から矢を形作っていく。見つけるたびに拾って小袋に入れておいた鳥の羽根を木製の矢に装着すれば、完成だ。

広大な荒れ地でひとりきり。僕は弓矢を作りながら、人々に思いを馳せた。ケンサ、父さん、母さん、ラビア、ヘプツェファ。そして、アヤ。彼らに再び会えるのはいつだろう。もし会えるとしたら、の話だが――。

9

エジプトで緑が広がっているのは、豊かな水源があるからに他ならない。ついに僕は、ナイル川沿岸の美しい緑地にたどり着いた。これまではどこを向いても不毛の土地だったが、今、僕が目の当たりにしているのは、青々と生い茂る木々、広大な農園、生き生きと動き回る野生動物たちだ。もはや僕は孤独ではなかった。見渡す限り、あちこちに旅人、商人、労働者、農夫がいる。神官たちの行列も見受けられた。

そして、なんと言っても、川がある。偉大なるナイル川。乾燥した大地に水分と緑を与え、光景と土壌条件を大きく変える流れは、川岸近くの住民の暮らしをも潤す。年の半ば、高地が雪解けの季節を迎える頃になると、粘度の高い泥が鉄砲水とともに押し寄せ、川の氾濫《アクヘット》を引き起こすのだが、肥沃な土地と豊穣《ほうじょう》をもたらすため、人々はこれをエジプト神ハピによる天からの恵みだと考えている。つまりナイル川は、エジプトの民の資源、すなわち命の源でもあるのだ。飲み水や食糧の調達に欠かせないだけでなく、輸送のためにも利用する。作物が育つためにも、洪水で土地に水分がしっかり染み込むことが必要だ。

僕がナイル川について知っているのはそのくらいだ（アヤから聞いたことだったと気づき、胸が痛くなった）。故郷の神殿には、この大河の絵が数え切れないほど飾ってあった。それゆえ、頭の中ではナイル川の姿をすでに思い描いており、どれだけ雄大な景色なのかをいつも想像していた。だから僕は、ナイル川と対面する心の準備はできていると、勝手に思い込んでいたのだ。ところが実物は、頭で思いめぐらせたものとは比べ物にはならなかった。とてつもなく豊かな水を湛えた川は曲がりくねり、威風堂々としつつも穏やかな流れを見ているだけで、圧倒されてしまう。これは奇跡だ。延々と続く砂漠の果てで膨大な水量を誇り、周辺の土地に十分な湿り気を与え続けるなんて。

ナイル川に目が釘づけのまま、川の氾濫が生んだ緑の野を歩いていった。大きな川の中央には、葦《あし》や椰子が生えた小島が浮かび、あちこちで船が行き交っている。しなやかな帆を張った立派な木製の大型船は、帆が風にはためき、太鼓のような音を立てていた。それとは対照的に、ひとり乗りの小舟は葦で編まれた船体だ。漁師たちは長い竿《さお》を使って舟を進ませ、川面に網を投じている。水鳥もいたし、その鳴き声も聞こえた。生まれて初めて、僕はトキを見た。下向きに弧を描くくちばし、細長い首と脚。優雅な姿で浅瀬に佇み、船上の男たち、岸近くで水遊びをする子供たち、野で草を食《は》む牛たちをのんびりと眺めている。

そのとき、生まれて初めて見たのは、実はトキだけではなかった。カバもだ。畏敬の念を抱かせるその大型動物は、エジプト神タウエレトを彷彿《ほうふつ》とさせる。鼻が水面を割って、巨大な身体が現われる様を眺めていると、時間が経つのを忘れてしまう。

とうとうジャウティの外れまでやってきた。僕は気を引き締め、やるべきことを思い返した。再び人混みの中に紛れるのは、不思議な感覚だった。砂漠の真ん中を旅していたときは、大自然の中で自分がいかに小さくて脆《もろ》い存在かを毎日のように思い知らされ、何度も不安に駆られた。しかし、街の雑踏に立つ今、僕には力がみなぎり、シワで抱えていたような安心感に包まれていた。シワでは、僕が守護者の息子だと、誰もが知っていた。一方、ここでの僕はその他大勢のひとり。誰も僕が何者かを知らない。その事実が僕を大胆にさせていた。

自分の馬を留めておく馬小屋を見つけ、小銭入れから硬貨を取り出して小屋番の少年に使用料を払った。街の見物をしようと僕は歩き出し、人波を縫うようにして露店の間を進んでいった。時折、立ち止まって露店の商品に見入ったりもしたが、口をぽかんと開けた間抜け顔で何かを眺めたりしないように心掛けた。

通りはシワよりも狭く、鎧戸《よろいど》や彩り豊かな日よけを備えた店が並んでいる。道は複雑に分かれており、左右に分かれた分岐点から延びる道は、さらにどんどん枝分かれしていく。これは、侵入者が速く進めないための工夫だと、アヤがかつて話してくれた。

あっ！

僕は突然足を止めた。これは、確実に道に迷う習癖《しゅうへき》だと気がついたのだ。馬小屋に馬を預け、街の見物に繰り出した。そこまではいい。問題は、馬小屋の場所を忘れてしまったことだ。

何か目印になる建物はないかと周囲を見渡していたとき、僕の背後で唐突に何かが動くのを一瞬認めた。定かではなかったが、小さな男の子のように見えた。しかも、相手は見られまいとしている感じだった。

さて、どんな振る舞いをすべきか。僕は気づかないふりをし、そのまま前進を続けて露店の品を見て回ることにした。ずらりと並べられた短刀を見つけ、僕は歩みを止めた。どれもこれも、僕が家から持ってきたものよりも戦闘に向きそうだ。特に目を引いた一本があったので、僕は小銭入れを取り出して代金を払い、新たな武器を手に入れた。腰の帯革に挿《さ》す前、刃を確かめるふりをして、そこに映った背後の様子を観察した。今度は、後ろにいた買い物客の足の間で何かが動いた。僕の鞄を狙う物盗《ものと》りだろうか。

次の店は、宝石を売っていた。光沢のある襟飾《えりかざ》りを摑み、あたかも品定めするかのように角度を変え、もう一度、自分の後ろを確認した。襟飾りには、もちろん僕の顔も映っていた。無精髭《ぶしょうひげ》が生え、砂と埃まみれになっている。そして――。

いた！

襟飾りは、ひとりの少年の姿を捉えた。僕よりも年下だ。その子は僕と似たようなチュニックを着ていたものの、腰に帯革は巻いていないし、何も荷物を持っていない。

なぜ少年は僕の後をつけてきているんだ？　何が欲しいんだろう？

そろそろその疑問の答えを見つけ出すとするか。

10

僕は少年にわざと後をつけさせ、広場を見つけるまで歩き続けた。そこには、石の腰掛け台《ベンチ》があった。しだれたアーモンドの木の枝が日陰を作り、店頭に並ぶ食べ物や雪花石膏《アラバスター》の瓶を物色する買い物客に憩いの空間を与えている。僕は、木ノ実がまぶされた蜂蜜入りの焼菓子《ハニーケーキ》を買い、モザイク細工が施された卓子《テーブル》についてその瞬間が来るのを待った。

よし。コマネズミ坊主の正体を暴いてやる。

少年もこそこそと広場に入ってきた。他の街路より通行人はずっと少ないにもかかわらず、その子は巧みに背の高い大人の陰に隠れてじわじわと近づいてくる。こちらとて負けてはいない。知らぬふりを通しつつ、密《ひそ》かに相手の行動を横目で観察した。少年の視線が焼菓子に移動するや、目が輝く。空腹なのは間違いない。

そして、敢《あ》えて彼と目を合わせ、僕は手招きをした。少年の薄汚れた顔に、一瞬戸惑いの表情が浮かんだと思った矢先、彼は急に踵を返した。

「おい！」

僕は声を上げた。「腹が減ってるんだろう？　この焼菓子、一緒に食べないか？」

その言葉に反応し、少年はぴたりと足を止めた。恐る恐る振り向くと、彼は肩をすくめ、すたすたと腰掛け台の方に戻ってきた。目を細めてこちらを見ていたが、鼻で笑って口を開いた。

「おまえ、自分が偉いと思ってるな？」

そう言って、少年は焼菓子を奪おうと腕を伸ばしてきた。

「礼儀を知らない奴には、やらないぞ」

僕はひょいと焼菓子を掲げ、空《くう》を摑んだ彼は、勢い余って前につんのめりそうになった。

「わかった、わかったってば。大人じゃないのに軍の司令官みたいな口ぶりで話すなんて、おまえ、変わった奴だな」

僕は眉間にしわを寄せ、「君はいくつなんだ？　名前は？」と、訊ねた。

「おいらはトゥータ。十歳。おまえの名前は？　歳は？　で、一体その菓子をくれるのか、くれないのか？　それとも、おいらに『お願いですから、どうぞ哀れな浮浪児にあなたの焼菓子を恵んでください』って言わせたいのか？　望むなら、踊りを踊ってやるぞ。歌だって歌えるんだからな。どうかお望み通りにお申しつけくださいませ、旦那様」

トゥータはわざとらしく頭を下げた。

僕は菓子を持つ手を下げ、半分に割ると、彼に腰掛け台《ベンチ》に座るように示した。

「ほら、食べなよ。僕の名前はバエク。今年、十五回目の夏を迎える。僕の後をつけてきた理由を教えてくれ」

トゥータは小さく笑った。

「腹が減ってたんだ。おいら、路上暮らしだから、いっつも食べ物を探してる」

「そうか……って素直に信じたいところだけど、君がこっちを追い始めたとき、僕は食べ物を持っていなかったぞ。焼菓子以外の何かに興味を示したとしか思えない」

そう告げて、僕はモザイク細工の卓子《テーブル》の上に小銭入れをどさりと置いた。

途端に、トゥータはがつがつ食べるのをやめた。口の周りに木ノ実を付け、頬を焼菓子の欠片《かけら》だらけにし、目を丸くしている。

「わかった、わかったってば」と、再び言い、少年は菓子くずを払った。「馬小屋番をしてる子と友だちなんだ。小金がありそうな旅人が街にやってくると、おいらに教えてくれるんだよ」

「で、金をくすねるって魂胆か？」

トゥータは激しく首を横に振った。

「違うよ！　可哀想な子供に援助してくれる気前のいい旅人だったらいいなと思って……」

少年は口を閉じ、ふたりの間に沈黙が流れた。

「──そうしてくれる気はある？」

上目遣いで、彼はそう訊いてきた。「つまり、おいらが手伝ったら、駄賃をくれるかって意味だよ？　観光案内とかさ」

「まあ、状況次第では、考えてやってもいい」

「本当⁉」

トゥータは目を輝かせた。

「ああ、本当だとも。ただし最初に、僕が援助する相手がどんな子なのかを知りたい。トゥータ、君の身の上を聞かせてくれ」と、僕は焼菓子の残り半分をチラつかせた。

菓子を受け取った彼は、さっそくおいしそうに頬張って話し始めた。

「おいらはテーベからジャウティにやってきたんだ。まだうんと小さかった頃だよ。父ちゃんと母ちゃんと妹と一緒にね。しばらくは平和に暮らしてた。それははっきり覚えてる。でも、火事が起きた。大火事だった──」

口が菓子でいっぱいになり、もぐもぐと口を動かしていたトゥータは、どこか遠い目をした。ようやく食べ物を飲み込み、彼はぽつりと付け加えた。「母ちゃんと妹は、火に巻かれて死んじゃったんだ」

「そうなのか。辛かっただろうね」と、僕は彼を見やった。

「ありがとう。二年くらい前の話だからもう平気だけど、それ以来、生活は変わっちゃった」

「君のお父さんは？」

「火事で母ちゃんと妹を亡くし、父ちゃんは呑んだくれになった。酒浸りでいつ死んでもおかしくない。おいらにとっては、父ちゃんも失ったようなもんだ。もう昔の父ちゃんじゃなくなっちゃったんだから。おいらの話、どう考えても悲劇にしか聞こえないよね」

「そうなのか。辛いだろうに」

僕は同じような物言いを繰り返した。「どこに住んでるんだい？」

「この広場を住処《すみか》にしてたこともあった」

トゥータはにやりと笑った。「実際、この街で寝泊まりしたことのない通りを探す方が難しいかな。夜はちょいと冷えるけど、そんなひどい生活じゃない。それに、ここで野宿しているのは、おいらだけじゃないし」

そのとき、僕は少年の首に痣《あざ》を見つけ、「おい、それはどうした？」と指差した。

「そんなひどい生活じゃないって言ったけど、いい生活だとは言ってないよ……」

トゥータの表情が翳《かげ》ったのを見て、僕は心を決めた。

「よし。僕らは互いに助け合うことができるかもしれない。もしも君が僕を助けてくれたら、の話だけど。僕はここに着いたばかりだから、君のように土地勘がない。でも、僕がわざわざやってきたのは、最近シワを訪ねた使者を探しているからなんだ。その男は、瑠璃色の瞳をしていて、茶色の革の鞄を肩から下げていた。あ、ちょうどこれみたいに」

僕は、自分の斜め掛け鞄の肩紐《かたひも》を指で示した。「で、ここに下がってる鞄だけど……」

「似たような鞄を下げてる人間はごまんといる。見つけられる保証はないよ」

そう言われ、僕は他に手掛かりになるようなことがないか、考え込んだ。

「うーん、そうだな。その男性を最後に見たとき、彼は硬貨か何かを小銭入れに入れていた。おそらく自分で稼いだ金を使っていただけなのかもしれないが、何か気にかかったんだ」

「硬貨か何か？　そいつ、買い物してたのか……」

トゥータはしたり顔で言った。「おいらにできることがあるかも。誰に訊けばいいかもわかってる。知り合いに、あらゆる陶磁器を扱っている貿易商がいるんだ。あいつなら顔が広いから、何か知ってる可能性がある。兄貴がよけりゃ、そっから始めてもいいぞ」

いつの間にかこちらの呼び名が「おまえ」から「兄貴」に昇格していたのがおかしかっ

たが、それよりも、使者を見つける手がかりが摑めそうな事実に胸が躍った。

「僕が探している人物を見つけられるのか？」

返事をする代わりに、少年はウィンクをした。蜂蜜《はちみつ》入り焼菓子のおかげなのか、さっきよりも血色が良くなっている感じがする。

「はっきり言うと、おいらの手にかかれば、この街でどんな探し人も見つけ出せる。兄貴は、強運の持ち主だな。人探しに最適の野郎を雇えたんだから。じゃあ、ここで待ってな」

僕はトゥータの言葉をそのまま受け取り、自分の運の良さを天に感謝したが、実は恐ろしい間違いを犯していたことを、この時点はまだ知る由《よし》もなかった。

11

サブは二十日以上も馬に乗り続け、ようやく目的地に到着した。慎重を期したため、予想以上に時間がかかってしまった。罠に誘い込まれないようにする必要があったのだ。伝文には、落ち合うのに十分に安全な場所として〝マザー〟と記されていたので、この書状は本物だと確信していたものの、何事も用心するに越したことはない。

マザーがあるのは、東方砂漠の小さなオアシスだ。そこに着いてから一日かそこら待つと、遠くに見覚えのある馬車の姿が見えてきた。馬車は、ごろごろと車輪の音を轟《とどろ》かせて近づいてくる。板張りの座席に座っているのは〝ジ・エルダー〟が面倒を見ている弟子だ。歳の頃は十五歳くらいで、白濁した目が光っている。

サベステット——それが少年の名前——は、不思議な力を持っていると皆に思われていた。視力はほとんどないらしいのだが、それがゆえに聴覚が異様に発達し、彼の〝秘密兵器〟になっているというのが現状だ。しかし、特殊能力者だと人々に信じ込ませているのは、「己の強みを見出し、利用せよ。敵のみならず、友にも強みがあると思わせておけ。友が心変わりをして敵にならぬとは限らないからだ」という、ジ・エルダーの助言に従ったからだろう。

ジ・エルダーと呼ばれる尊老ヘモンは、馬車に乗るときはいつも、サベステットの隣に座っているのだが、今日、彼の姿はない。

ふたりは互いに挨拶の言葉を交わし、サブは馬車の片側に立った。サベステットが降り立つ際に、手を差し伸べる必要がないことを知っていた。すぐに彼らは、大きな木の幹に背をもたれて腰を降ろし、サブのフラスコ瓶の酒を分け合った。

「我々の伝文に早急に返事をし、行動に起こしてくれたことをヘモンも感謝しています。そうしてくれると信じていました」

サベステットは口に付いた砂埃を拭って言った。

飛び回るハエを叩き落し、サブは「彼は元気か？」と訊ねた。

「我々の師は心身ともに健康ですが、歩くときに杖《つえ》が必要な状態でして。そうでなければ、今日、一緒に来られたんですがね。最近は旅に出ることが多かったので……」

長旅の末にヘモンに会えなかった事実に、サブは落胆した。そして、シワの村や残してきたアーモスとバエクを思い、ため息をつく。

「私がここまで訪ねてきたことを、ヘモンがありがたいと思ってくれているのは理解できた。そもそも、どんな理由があって私を呼び出したんだ？　単に旅をさせるためではあるまい。一体、どういうことなんだ？」

「師は、エムサフに伝言を送りました。重要問題の件で会って話そうと、申し出たのです。ところが、エムサフは待ち合わせの場所に現われませんでした。その代わり、落ち合う場所を変えてほしいという伝文をイプから送ってよこしたのです。なぜエムサフはそんなことをしたのでしょう？」

サブは立ち上がり、エムサフの立場になって考えてみようと、腰に手を当てて空を仰《あお》いだ。砂漠を横断するのに費やしたいくつもの昼夜が脳裏によぎる。

「つまり、エムサフはイプにはたどり着いていたんだな」と、サベステットと視線を合わせて言った。「ヘベノウにある自宅から、わざわざイプへ行くとは。きっと誰かにつけられていたに違いない」

サベステットはうなずいた。彼は目を閉じていることが多いので、その状態でうなずくと、何かを熟考しているかのように思える。

「師がたどり着いた結論はこうです。あなたにこの件を調査させれば、我々の友であり同志であるエムサフに何が起き、どんな足取りだったのかが明らかになるはずだ、と。あなたの報告をダルティで受け取るのを楽しみにしています」

なるほど。そいつは待ち侘《わ》びるだろうな、とサブは苦笑いを浮かべた。

「我らが師は、背後に古《いにしえ》の敵がいると踏んでいるはずだ」

サベステットは再び首を縦に振った。

「ええ、師が信じ、恐れていることは、まさしくそれなのです」

12

夕方になると露天商たちは店じまいを始め、トゥータが戻ったときには皆、家に帰っていた。広場はほぼ空っぽだったが、身体にその行動が染みついているのか、やはり少年はこそこそと入ってきた。まっすぐにモザイク細工の卓子《テーブル》まで戻ってきて、こちらの隣に腰を下ろした。薄暗い中でも僕がわかったのは、このぼさぼさ頭の風貌が目印になったからだろうか。

「兄貴が探してる奴、見つかったかもしれないぞ」

トゥータは自信満々に胸を張り、手のひらをぐいと差し出した。

僕は汚れた小さな手を見つめ、相変わらず厚かましい坊主だとにやりとした。だが、どうも憎めない。

「おい、おい。駄賃はまだだ。客は〝商品〟と引き換えに代金を払う。それが〝商売〟ってやつだ。で、どこに行けば、使者を見つけられる?」

「ちぇっ、兄貴は商売上手だなあ」

彼は口を尖らせたものの、素直に手を引っ込めた。「本当に探している人物かどうか確認するのが先なんだろう。おいらだって、人に騙《だま》され続けてきたから、兄貴の気持ちは理解できる。おいらについてきな」

狭く曲がりくねった路地を進む途中、今日、ジャウティに着いたばかりのときに見た建物を見て、僕は元気が出てきた。馬小屋はたぶん、この近くだ。こんなにも早く探し人が見つけられるとは思わなかった。すぐにでも馬小屋に戻り、帰宅の途に就けるだろう。興奮して心臓が高鳴る音を聞き、全身に自信が満ちていくのを感じる。こんな気持ちになったのは、初めてかもしれない。目標はじきに達成する！　最初はどうなることかと不安だったが、なんだ、自分にもやれたじゃないか。

路地の突き当たりで、トゥータが僕を乱暴に引っ張った。

「気をつけて」

彼が小声で注意した。「兄貴が探してる奴は近くにいる」

その小道沿いにある酒場の天幕の下、数人の男たちが飲んだり食べたりしていた。周囲にはまだ人々が行き交っており、歩行者の隙間から、トゥータが示した男が客席についているのが見えた。僕が説明した通り、印象的な瑠璃色の瞳だ。見たところ、シワを出発する前日、砦から自宅に戻る途中に見た馬上の旅人に似ている気がするが——。

「ここからじゃ、なんとも言えない」

少しの間男性を観察した後、僕はトゥータに打ち明けた。「それに、鞄を下げてないよな？」

「肩から掛けてないだけで、持ってるはずだよ」と、トゥータは答えた。「食卓の下の足元に置いてあるんじゃないかな。それに、知り合いの商人によれば、あの男はこのところ結構散財しているって。広い人脈を持ってるおいらの友だちは、兄貴の探してる男とやらは、一ヶ月留守にしてて、最近この街に戻ってきたって言ってた。しかも、やっぱり急に羽振りが良くなったって印象を受けたみたいだ」

なるほど、それなら辻褄《つじつま》が合う。僕はうなずいた。

「それを聞いたら、確信を持てた。あの男が使者の可能性は高そうだ。君に報酬を払おう。あとは、彼の話し声を聞くことができたらいいんだけど」

「じゃあ、さっさと近づいてみようよ」

トゥータはそう促した。「兄貴の気が変わって、おいらが報酬を受け取り損ねる前に」

僕は、歩き出そうとした少年の肩を摑んだ。

「待て。向こうは僕に気づくかもしれない」

「兄貴、あいつと会ったときと同じ格好なの？」

トゥータは怪訝《けげん》そうに僕を頭から足までじろじろと見た。

「いや。そんなことはない……と思う」

「いいから、おいらと一緒に来て。兄貴が通り過ぎるのに気づいたとしても、向こうはおいらの兄弟だと思うだけだから」

僕たちふたりが夕餉《ゆうげ》の席についている碧眼《へきがん》の男性に近づくにつれ、僕の心臓は早鐘のように鳴り、胃が飛び出しそうになる。しかしながら、男性は仲間たちの会話を楽しそうに聞いていた。距離がどんどん狭まる。間違いない。あれは父さんのもとを訪ねた使者だ。それでも依然として、僕は彼の話す声を聞きたかった。だが、このままでは彼がしゃべる前に通り過ぎてしまう。一体どうすれば――。

相手をちらちら見るまなざしから僕の焦りを読み取ったのか、トゥータがある行動に出た。酒盛り中の集団に近寄り、大胆にも、該当者の男性に声をかけたのだ。

「ちょっと、そこの旦那。哀れな小僧にドラクマ硬貨を恵んでくれませんか？」

「あっちに行け、このドブネズミめ」

男性は手を振って、トゥータを追い払った。その瞬間、彼こそ僕が追い求めていた使者だと判明した。

散歩を終えて横道に入ると、トゥータはこちらに向き直った。

「で、どうだった？」

「やっぱり彼が使者だ」

「じゃあ、おいらは仕事をやり終えたってことだね。報酬を頂戴して、おいらは帰るよ」

僕が銀貨を渡すと、トゥータは嬉《うれ》しそうに握り締めた。「で、兄貴はこれからどうするつもり？　今夜、あの男に話しかけるの？」

いい質問だった。ジャウティくんだりまでやってきたのは、使者を探し当てるため。だから、旅の間も〝見つけ出す〟ことばかりを考えていた。すなわち、見つけた後の行動も、何を話すかも全く考えていなかったのだ。僕はその事実を気づかされ、言葉を失った。

「仲介してくれる人間がいれば、うまくいくかもね」

トゥータは、また僕の心を読んだかのように提案した。「兄貴があいつと話せるよう、おいらが段取りをつけてやってもいいよ」

それはいい考えかもしれない。もし向こうが僕のことを覚えていた場合、路地の迷路に逃げ込んで二度と見つけられなくなる可能性だってある。物乞いの少年に対してなら、それほど用心しないだろうし、逃げ出そうとはしないだろう。

「それで、具体的にはどうするんだ？」

「仕事を頼みたいと言っている友人がいるって話しかけてみる。劇場の中で待ってて。あの男を連れていくから。その後は、兄貴に任せる。この流れでどうかな？」

完璧じゃないか。僕がうなずくや、トゥータは再び姿を消した。その後、僕は言われた通り、ジャウティの劇場内で待った。他に人影はない。果たして、新しく〝友だち〟になった少年は戻ってくるのだろうか。

人のいない劇場の静けさは不気味なほどで、僕が咳《せき》をすると場内全体に響き渡る。昼間は、芝居『ミュルミドーン』の観客で埋まっていた座席も、今は空っぽだ。ミュルミドーンは、神話に出てくる民族で、神の手によって蟻《あり》から人間に姿を変えられた亜人種のこと。確か、こんな話だった気がする――。

全知全能の神ゼウスは、河神アーソーポスの末娘アイギーナをさらい、エーゲ海に浮かぶオイノーネ島に連れ去った。やがてアイギーナはそこでゼウスの子アイアコスを生み、アイアコスはその島をアイギーナ島と呼ぶようになったという。成長して島の王となったアイアコスだが、女神ヘーラーは、島の名がゼウスの寵愛《ちょうあい》を受けた女に由来すると知って嫉妬《しっと》し、アイギーナ島に疫病をもたらした。そのせいで島民も獣も死に絶えてしまい、アイアコスは絶望するのだが、樫《かし》の木で群れていた蟻を見て、「父よ、この蟻と同じ数だけの民を与えてください」とゼウスに祈る。その夜、アイアコスは樫の木から振るい落とされた蟻が人間に変わるという夢を見たのだが、朝になって目覚めると、大勢の若くたくましい若者が行列を成して集まっており、アイアコスを王と讃《たた》えていた。こうして、彼らはギリシャ語の蟻（ミュルメクス）からミュルミドーンと名づけられたのだった。

きっと芝居の内容は、このギリシャ神話に基づいているのだろう。早い時間帯には、人々は石の座席に一枚布の衣《ヒマティオン》を広げて談笑し、木の実や棗椰子や焼菓子を食べ、演者たちの舞台を楽しんでいたはずだ。一緒に観劇できたのなら、アヤもきっと気に入ったに違いない。彼女はギリシャ神話の復讐《ふくしゅう》の女神の芝居『エリーニュス』で使われた炎の演出や、殺陣《たて》について語るのが好きだったし、劇団がどうやって雨の場面を作り出すか、神の登場を印象づけるのにいかなる工夫をしているのか、話し出すと止まらなくなったものだ。

もちろん、円形劇場は、観客のおしゃべりや笑い声、役者たちの台詞《せりふ》で結構がやがやしている場所だが、今は全く様相が異なる。松明《たいまつ》の明かりもなく、日が暮れるにつれ、どんどん暗くなっていく。頭上では鳥が飛び交い、時折ネズミががさごそ音を立てていた。何かが聞こえるたびにぎくりとし、恐怖に呑み込まれそうになる。そして、いかに自分が無力なのかを思い知らされた。

いや、違う。バエク、おまえは無力なんかじゃない。できる。絶対にできる。僕は頭を振った。広い空間にたったひとりでいると、感情が丸裸にされた気分だ。僕は石の観客席に座り、ひたすら待った。手は自然と、今日購入した短刀の柄を摑んでいた。新しい武器は買ったばかりだから、また刃を砥《と》いでいない（石英質砂岩を砥石にして、刃を左右に動かしながら砥ぐというやり方は、父が教えてくれた）。とはいえ、刃が鈍《なまく》らでも、出番があったときにはそれなりの仕事してくれるはずだ。

――仕事？　なんの仕事だ？

僕は疑念を追い払った。邪悪な何かが迫りつつあると怯《おび》える理由などどこにもない。

――本当に？

隧道《ずいどう》の入り口から物音が聞こえてきた。鳥たちにも聞こえたらしく、一斉に飛び立っていった。そして、現われた影は、例の使者だった。彼は興味深げに辺りを見回し、こちらが立ち上がって挨拶すると、目を細めた。

「私と面会したいという相手は、あんたか？」

幸運なことに、彼が僕の正体を見抜いている様子は微塵《みじん》も感じられなかった。どうやら旅は僕の容貌を変えてくれていたようだ。

「僕たちは前にも会っている」

「そうなのか？」

「そうだとも」

僕は力強く肯定した。二の句を継げようとした矢先、上の方から物音がし、話そうとしていた言葉を呑み込んでしまった。またネズミに違いない。僕は顔を上げ、気を取り直した。そして、「シワで」と、ひと言付け加えた。

使者の表情が変わった。ようやく僕が誰なのか気づいたらしい。

「ああ、君か。思い出したよ。あの生意気な少年か。よし。では、こんな小細工までして私をここに呼び出した理由を聞かせてもらおう」

相手は鋭いまなざしでこちらを見据えている。「仕事の依頼だと聞かされて来たんだがね。簡単に小銭が稼げると。しかし、君のような人間が私の望む額を払えるとは思えないな」

「金なら山ほどある」

僕も負けじと睨み返した。「金と引き換えに僕が要求するのは、あんたがこれまでやってきた仕事よりずっと楽なはずだ」

男性の片眉が上がった。どうやら興味を覚えたらしい。

「あんたがシワの守護者に届けた伝文について知りたい。送り主は誰なのか。何が書かれていたのか――」

今度は両眉が上がった。

「父親に訊けなかったのか?」

「複雑な事情があってね」

「彼はあの直後に旅立った。そうだな？」

「なぜわかる？」

使者は首を横に振った。

「私が伝言を告げたとき、そのようなことを匂わせていた」

「伝言の中身は？」

「おっと、そう急かさないでくれ。まずは金を見せろ。そしたら、もっと先を話せる……かもしれない」

僕はチュニックの中に手を入れ、金を取り出そうとしたそのとき、何かが動き、音を立てた。サンダルが石を擦るような音だった。はっとして振り向くと、隧道から突然人影が現われた。僕らがいる舞台の前にやってきた人物は、顔がやつれ、ぼろぼろの服を着ていた。身体の脇で握られていた剣は錆《さ》びついている。その顔に見覚えがあるような気がしたものの、具体的にどこの誰なのかまではわからなかった。一瞬、使者の知り合いかと思ったが、即座にその考えを改めることになった。

使者は眉間にしわを寄せ、僕と新参者を交互に見ている。

「これは一体どういうことだ？」

彼は大声で怒鳴った。その手は肩紐を握り、おそらく今の彼にとっては一番大事な品——金が入った鞄をしっかりと握っている。彼は僕に目を向け、「何が起きてる?」と問いただした。「さては、おまえが仕組んだんだな?」

「違うよ!」

僕はすぐさま否定した。凄まじい恐怖が全身を覆い尽くそうとしている。あと少しのところだったのに。やっと見つけた使者から伝文の内容を聞き出せると思った途端、邪魔が入った。僕は、全てが崩れ落ちていく感覚に見舞われ、突然、猛烈な孤独感を覚えた。

「言わせてもらうが——」

そう切り出したのは、新参者だった。「これは最初から完璧に仕組まれていたことだ」

13

錆びた短剣を持った男は、ゆっくりと顔を上げ、さらに上層の観客席に視線を向けた。次にそいつの口から出た言葉は、拳よりも大きな衝撃を僕に与えた。

「トゥータ」

やつれ顔の男が呼んだ。「我が息子よ、おまえも顔を出したらどうだ？」

己の耳を疑い、僕は目を剥いた。トゥータだって⁉

座席の列の間から、小さな影が静かに現われた。こちらの顔をまともに見られないのか、うつむき加減で背を丸め、男の隣で立ち止まった。激しく殴られたらしく、片目が黒く痣になって腫れている。並んだふたりは、どこか似ていた。トゥータの呑んだくれの父親なのか？

予想だにしない展開に、僕は呆然《ぼうぜん》と立ち尽くしていた。さっきまでの高揚感はとうに消え去り、心にぽっかりと穴が開いた感じだった。自分が驕《おご》り、愚かだったゆえの罰を受けている気分。これは当然の報いなのだ。

「息子よ、でかしたぞ」

トゥータの父親は大きく破顔した。「おまえが言った通り、ちゃんとこのふたりをここにおびき寄せたとは。まさに有言実行。おまえのような息子を持って、俺は鼻が高い。さあ、有り金残らずいただくとするか」

男は錆びた短剣をこれ見よがしに掲げた。

「……トゥータ、なぜだ？」

僕はため息とともにそう漏らした。「どうしてこんなことを？　最初の手伝いの駄賃は払ったし、追加の分もきちんと払うつもりだった。君もわかってたはずだ、僕がごまかすような人間じゃないってことを。それに、僕はてっきり、僕たちはもう……」

「〝友だち〟だと思ってたってか？」

トゥータの父親は噴き出した。彼の口から吐き出された息は、ひどく酒臭かった。「残念だな、兄ちゃん。あんたは息子の友だちなんかじゃねえ。トゥータは、俺に言われたことを俺が指示した通りにやるだけ。俺が友だちになれと命じた相手とは、一時的に友だちになる。金をくすねるためにな。というわけで、短い間だったが、仮初《かりそ》めの友情関係を楽しんでもらえたようだ。しかし、それもここまでだ」

それから彼は、短剣の刃で僕と使者を交互に指し示した。「さあ、荷物を寄こしな。ふたりともだ」

「こいつら、おまえの知り合いなのか？　よくもまんまとはめてくれたな」

使者は僕に吐き捨てるように言った。

「違う。僕はこれとは無関係だ。誓ってもいい。僕はただ情報が欲しかっただけなんだ」

そして、僕はトゥータの方を見た。

「こんなことして、あの世のお母さんが喜ぶとでも思ってるのか？　旅人を脅して金を盗むなんて。そんなに落ちぶれた姿、母親が見たら悲しむぞ」

「あの世の？　何を抜かしてやがる？　トゥータがそう言ったのか？」

困惑顔の父親は、やがてげらげらと笑い始めた。なんてことだ。僕は全てを悟り、少年の方を見た。

「あの話も嘘だったのか？　僕の同情を買い、信用させるための作り話だったんだな？」

トゥータは黙りこくったまま、顔を背けた。その唇がわなわなと震えている。

「おい、もったいぶるなよ。どんな話をしたのか、さっさと教えろ」

しつこく促すトゥータの父親にうんざりし、僕は聞いた通りの内容を打ち明けた。

「あんたの奥さんと娘が火事で死に、それ以来、あんたは酒に溺れる毎日だって聞かされた」

男は大きく後ろにのけ反《ぞ》り、爆笑した。

「見事なお涙頂戴話じゃねえか。で、おまえはまんまと騙されたってわけだ。世間知らずのお馬鹿さんなんだなあ、兄ちゃんは」

さらに酒の臭《にお》いが漂ってきて、僕は顔をしかめた。

「少なくとも、酒に溺れる毎日という部分は事実のようだな。それと、トゥータの痣を見る限り、あんた、息子に暴力を振るっている。どうだ、図星だろ？」

「なんだ、英雄気取りか？」

男は冷笑を浮かべた。「トゥータがそう言ってたぞ。おまえはでかい魚と一緒に泳ぎたがる雑魚《ざこ》だって。だから、簡単に釣ることができたんだとさ」

僕はトゥータを見た。相変わらず、うつむいたままだった。そうだろう。真実を暴露された今、僕とまともに顔を合わせられるわけがない。すると、父親の方がにじり寄り、僕の顎の下に短剣の先を突きつけた。目やにだらけの目がこちらを凝視し、口から覗いた歯は何本か抜けている。鼻を突く饐《す》えた体臭は、メンナの攻撃を受けた晩に窓から侵入してきた輩の記憶を呼び起こした。

だが、自分はあの頃とは違う。成長した今、恐怖ですくんでしまうことなどないはず――。

トゥータの父親は空《あ》いていた左手を伸ばすと、こちらの腰の帯革《ベルト》に差していた短刀を抜き取り、地面に放った。視界の隅で僕の目が捉えたのは、落ちた刃物をじっと見つめている使者だった。頼むから、今は行動を起こさないでくれと願う自分がいた。無謀なことをするなと、心の中で使者に叫ぶ。とにかく今はまずい。顎に触れる短剣の刃は錆びだらけだが、尖端は鋭利だ。ふと生温かいものが喉を伝っていく感触を覚えた。血⁉ どうやら刃先が皮膚を裂き、出血したらしい。そして、少年の父親の左手は、僕の鞄を摑んだ。できっこない。片手では鞄を開けるのは不可能だ。

「トゥータ、さっさとこいつの金を盗《と》れ」

苛立った口調で父親に命じられ、トゥータは顔を強張らせたまま歩み寄ってきた。僕の荷物の留め金を開け、小銭入れを引き抜いて父親に手渡すや、一枚の羽根がひらひらと舞って着地した。

使者はというと、すでに二、三歩移動しており、落ちた短刀にさっきよりも近づいていた。

やめるんだ！　僕は再び心の中で相手に呼びかけていた。

そのとき、僕は少年の視線に気づいた。

「トゥータ」と、僕は訴えるように名前を呼んだ。口を動かしたため、剣の先に肉が食い込み、さらに血が垂れていく。「お願いだ。せめて使者に、僕がこれとは無関係だと証言してくれ。そう言うだけでいい」

トゥータはしばしこちらを見つめていたが、唐突に使者に向き直り、口を開いた。

「この兄ちゃんは、本当に何も関係ないんだ」

その言葉に、使者は動きをぴたりと止め、眉をひそめている。

「これは全部、おいらとおいらの父ちゃんが仕組んだことで、この人はただ人探しをしてただけなんだ。答えが必要なんだって。この人はいい人だよ。おいらが保証する。あんたに人の心があるなら、この人が知りたいことを教えてあげてほしい。そうすれば、この人の気持ちはずっと楽になれると思――」

「トゥータ、その口を閉じろ」

父親が少年の言葉をさえぎった。「余計なことをべらべらしゃべりやがって！」

勢いよく繰り出された拳が頬に当たり、トゥータは後ろに吹き飛んだ。小さな身体は回転し、地面に大の字に倒れ込む。

次の瞬間、皆の気が逸れた今が好機だと思ったのか、使者は一気に歩を進め、落ちていた短刀を拾い上げた。父親がはっとして振り向いたときには、使者は下から掬うように刃物を大きく振り上げていた。身体を切りつけられた父親は痛みで悲鳴を上げ、僕の鈍らな短刀の刃は血で赤く染まっている。一瞬の出来事だったが、目の前の全てがゆっくりと動いている気がした。しかし、使者は力任せに剣を振り回しているだけで、最初の一撃はたまたま相手に当たっただけだったらしい。あとは虚《むな》しく空振りを繰り返すだけだった。何も手助けできずに傍観していた僕は、短刀が切り裂いたのは、トゥータの父親の太ももだったことに気づいた。チュニックが切り開かれ、鮮血が脚を伝って流れていく。負傷した上、かなり酒が回っていたにもかかわらず、相手の方が戦いの経験は豊富で、結構な剣の使い手だったらしい。それはすぐに証明された。ぐっと唇を噛み締めた父親は、当てずっぽうに振り下ろされる刃を巧みにかわし、使者の身体を軸にしてくるりと身を翻したかと思うや、握っていた己の短剣をすっと前方に閃かせた。

使者が次の一手に出る機会はなかった。目にも留まらぬ攻撃で、トゥータの父親の剣が刃の根元までみぞおちに食い込んでいたからだ。彼が短剣を突き刺すたび、ナイル川で洗濯している女性たちが洗った敷布《しきふ》を石に叩きつけるかのような音がした。一回、二回、三回。使者は上体を折り曲げ、腹を押さえていたが、やがて膝から崩れ落ちた。激痛で悶絶《もんぜつ》し、激しく痙攣《けいれん》している。

トゥータの父親の次の標的は、もちろん僕だ。返り血を浴び、短剣だけでなく、男の脚も真紅に染まっていた。

「愚か者めが！」

彼は金切り声を上げ、武器を振り回していたが、それが僕に対して放った言葉なのか、それともトゥータに言ったのかは定かではなかった。もしかしたら、両方に向けていたのかもしれない。左右上下に振られる鋭い刃を避け、よろよろと後退《あとずさ》りしていくと、僕のかかとが倒れているトゥータに当たった。つまり、僕は石の座席まで追い詰められてしまったのだ。

怪我をした足を引きずりつつ、トゥータの父親は執拗に短剣を繰り出してくる。僕の目はその刃の動きに釘づけになっていた。恐怖とは言いがたい、奇妙な感覚が全身を覆う。

これが……そうなのか。これが、死を目前にして覚える感覚なんだ。漠然とそう思う僕の脳裏に、アヤと母の顔、そして懐かしいシワの景色が浮かんだ。もう二度とこの目で見ることはないだろう。僕は覚悟を決め、まぶたを閉じようとした。そのとき——。

「父ちゃん、やめて!」

甲高い叫び声が響き、僕ははっとして目を見開いた。視界に同時に飛び込んできたのは、振り下ろされて弧を描く父親の剣と、僕の盾になろうとして身を投じた少年の姿だった。

トゥータ!

僕は一瞬凍りついた。その場の全てが凍りついていた。間一髪、父親の腕は動きを止め、トゥータは僕にしがみついて震えていた。案の定、父親は激昂《げっこう》し、罵りの言葉を怒鳴り散らし始めた。伸ばした手がトゥータを無理やり僕から引き剝がし、再び息子を床に投げ飛ばした。憤怒と興奮で紅潮した顔。振り上げた拳。父親は我を失っている。頭を抱えて丸くなるトゥータの顔や首に付いた痣を、僕は思い出した。このままでは殴り殺されかねない。この子は、身を挺《てい》して僕を救ってくれた。ならば今度は、僕が――。

「おい、そこで何をやってる⁉」

隧道の向こうから、突然、誰かが大声で訊いてきた。

声が聞こえた方にトゥータの父親が顔を向けた隙に、僕は使者が使っていた自分の短刀に駆け寄った。声の主は、きっと劇場で働いている人だ。騒ぎを聞きつけてやってきたに違いない。苛立ちも露《あら》わに罵声を吐いた父親は腕を下げ、悶《もだ》え苦しんでいる使者の鞄を漁《あさ》り始めた。金の入った袋を見つけるなり、怪我をしている息子を乱暴に立たせ、出口へと引っ張っていく。ちょうどそのとき、劇場の従業員が姿を見せた。

「一体何が……」

そうつぶやいた後、その人は刃物を見つけたのか、ぎょっとして観客席の壁にへばりついた。その間に、盗っ人とその小さな共犯者は逃げ去っていった。

僕は慌てて倒れている使者に駆け寄った。傍《かたわ》らにひざまずき、片手を彼のこめかみに載せた。チュニックに目を移すと、ほぼ全体が赤く染まっており、切り裂かれた布の隙間から無残な切創が露呈していた。かなり深い傷は、ひと目見ただけでも三ヶ所あった。

全部、僕が悪い。僕が愚かだったからだ。

使者は咳き込み、吐血した。すでに目はどんよりとし、光を失いつつある。胸にそっと手のひらを置き、心臓の鼓動を確かめた。まだ動いてはいるが、弱々しい。翼に傷を負った小鳥の羽ばたきみたいだ。

ああ、彼の命はここで尽きようとしている。ここで死んでしまうのだ。僕のせいで。本当は、こんなことしたくなかったけれど、しなければならない。そうする自分に反吐《へど》が出る。激しく葛藤《かっとう》しながら、僕は今際《いまわ》の際《きわ》の使者の耳元で囁いた。

「どうか教えてほしい。父に伝えた報せはなんだったのかを」

彼は濁りつつある目でこちらを見据え、最期《さいご》に声を振り絞って答えてくれた。

ずっと知りたいと思っていた伝言の中身は、僕にとってなんの意味もないものだった。

14

事切れた使者を前にした僕は、怒りと憎しみが身体の奥から湧き上がってくるのを感じた。このまま悪党を野放しにしておくわけにはいかない。観客席の向こうでは、劇場の人が「兵士を連れてくるから、そこで待ってろ！」と大声で言ってきたが、当然のことながら、ここに留まるつもりはなかった。

相手の呼ぶ声を無視し、僕は舞台の前を離れて観客席の石の座席の間を駆け抜け、階段を目指した。兵士が来ても邪魔されることなく、しかも、トゥータたちを見失わずに追跡できる経路を選ぶ必要がある。階段を大股で上っていきながら、頭の中で道筋を考えていた。それでも、着いたばかりの街ゆえ、どの道がどうつながっているかはわからない。

ほぼ本能のままに、僕は屋根を支える垂木《たるき》を見つけて大きく跳躍した。屋根の突き出た部分を摑んでぶら下がり、身体を揺り動かして勢いよく屋根の上に飛び乗った。劇場の高い屋根の上からはジャウティの街が一望でき、街路の一本一本を俯瞰《ふかん》で眺められる。

この時間、街の大部分は闇に包まれ、どこも人通りが少なくなっていた。あちこちで松明が点《つ》き始め、橙色《だいだいいろ》の灯が暗がりに浮かんでいる。追うべき父子は、すぐに見つけられた。とはいえ、すでに二本先の道路を走っている。父親の方は片方の脚を引きずっていた。

僕は立ち上がり、劇場の屋根の張り出し部分から、近くに建つ店や家の屋根までの距離を目測した。かなり間隔が空いているし、ずいぶんと下の方にある。地面には草一本生えていない。距離感を誤って飛びそこなった場合、落下の衝撃を吸収してくれそうな柔らかい物は何もなかった。それでも、先に進まねばならない。

何度か深呼吸をし、僕は前傾姿勢になった。脚の筋肉にぐっと力が入る。行くぞ。腕を大きく振りながら、頭の中で数を数えた。一、二、三！　僕の身体は屋根の端から飛び出した。ふわりと宙に浮いたかと思うや否や、たちまち弧を描いて落下していく。向かいの建物の屋根に着地した僕は、「飛べた！」と声を上げながら、勢いづいてもう一度跳躍した。次の建物の屋上には寝床が設けてあったが、幸い、その晩は誰も寝ていなかった。僕は全速力で駆け、どんどん屋根から屋根へと飛び移って、トゥータと父親を追い続けた。

心臓が早鐘のように鳴っている。とにかくふたりを捕まえなければという一心で行動を起こしたものの、彼らを捕まえたら具体的にどうするのか、何も決めていない。僕を突き動かしているのは、正義感なのか。自分の未熟さゆえに、こんな事態を招いてしまった。

とにかく正しいことをしなければ、と思っていた。だから、僕は足を止めなかった。

いつの間にか街の中心部を離れ、住宅が建ち並ぶ地域に入っていた。全身で夜風を受け止めながら走っていたが、とうとう隣の屋根との間隔が広すぎて、飛び移れない場所に到達してしまった。それでも、諦めるわけにはいかない。僕は屋根からすばやく地面に降り立ち、荷車の後ろに隠れて通りの様子をうかがった。

くそっ。僕は悪態をついた。トゥータたちの姿はどこにもない。ここに来て、見失ってしまうとは……。しかし、万策尽きたと肩を落として頭を垂れたそのとき、僕の目は地面に点々と残された赤い染みを捉えた。これは、血痕!? 見ると、道路の奥まで続いているではないか。僕は自《おの》ずと追い始め、やがて赤い目印が消えた地点で立ち止まった。

ここで、ふたりの足取りが途絶えたということは——。

僕は一軒の家の前に佇んでいた。ひっそりと夜闇に沈む通りには、似たような家屋が並んでいる。血痕は、その家の戸口まで続いていた。窓辺へと静かに近づいて聞き耳を立てるなり、室内から荒々しい男性の声が聞こえてきた。トゥータの父親だ。罵声を張り上げたかと思ったら、頬を叩くような音に続いてトゥータの泣き声が響いた。中で何が起きているかは、火を見るよりも明らかだ。込み上げる怒りで、僕は拳を固く握った。

次の出方をどうすべきか。トゥータの父親は負傷しているはずだから、きちんと治療をして安静にする必要があるだろうが、怪我は別として、奴はまんまと金を盗み出した。ここまで他の人間と接触していないのだから、まだ父親が金を持っているはず。なんとかして取り戻したいところだが。

僕は、家の裏手の暗がりへ抜き足差し足で移動することにした。好都合にも、近隣に人影は見当たらず、誰かに不審者だと騒ぎ立てられる心配はなさそうだ。奥の部屋から聞こえてくる物音から、トゥータが父親をなだめつつ、寝室に連れていく様子がわかった。男はさんざん文句を言い放ち、痛み止めとして酒を寄こせだの、傷口に蜂蜜を塗れだのとわめいていた。

よし。もっと酒を飲め。そのまま酔い潰れてしまえ。

散らばった粘土煉瓦を避けながら裏庭を進み、暗く沈んだ石段に腰を下ろした。安全だと思えるようになるまで、闇に紛れてじっとしていよう。

どのくらい経っただろうか。星を読んで時間の経過を知る方法を教わっていたものの、そうしなかった。僕が入り口から中に滑り込んだとき、家の中は静まり返っていた。帯革から短刀を取り出し、しっかりと握る。小さくて切れ味の悪そうな代物《しろもの》では心許ないが、丸腰よりはマシだ。怒りに任せて武器を使ったことなどこれまでなかったし、実際、今も刃物を持つ手は震えている。それでも僕は勇気を振り絞り、つい立てを脇に寄せ、さらに奥へと歩を進めた。

15

玄関から入ってすぐの部屋は、がらんどうだった。自分が住んでいたシワの家とは大違いで、椅子も座布団《クッション》も絨毯《じゅうたん》もない。一般家庭には普通にありそうな、日常生活を快適に送るための家具らしい家具は、見当たらなかった。室内に唯一あったのが簡素な食卓で、その上には、粘土製の容器、錆びた短剣、小さな炎がちらつく蠟燭《ろうそく》、そして、ふたつの小銭入れだった。

そのとき、部屋の隅で「ひっ！」と小さく驚きの声が上がった。ぎくりとして振り向くと、トゥータが慌てて立ち上がるところだった。何者かの気配を感じたらしいが、背中を向けていたので、侵入者が僕だとわからなかったのだろう。こちらも、薄暗い中、奥まった壁に寄りかかっていた小さな影に気づかなかった。

一瞬、僕は身構えた。トゥータがさらに大声で警告を発し、父親が寝室から駆け込んでくるのではないかと考えたからだ。この少年が僕を本当に〝いいカモ〟としか見ていなかったのか、もっと特別な感情があったのかは定かではなかったが、とにかく悲鳴を上げて父親を呼ぶようなことはしなかった。僕らはじっと突っ立ったまま、視線を合わせていた。互いに相手の次の行動を推し測り、待っている感じだった。かわいそうに、トゥータは痣だらけで、泣き腫らした顔をしている。今日の午後出会ったときの、あの生意気ぶりは見る影もない。目の前にいるのは、激しい折檻《せっかん》に怯えるいたいけな子供だった。

家の奥からは、物音ひとつ聞こえてこない。食卓に歩み寄った僕は、小銭入れふたつを摑み取り、鞄にしまいこんだ。もしも命を落としてしまった使者に家族がいたならば、探し出してこの金を届けるつもりでいた。あの酒場で一緒に飲み食いしていた友人たちに訊けば、何か手がかりを教えてくれるかもしれない。

よし、ここを立ち去ろう。

トゥータは黙っていた。僕が金を取り戻しても、何も声を出さなかった。目を見開き、下唇を震わせている。僕は、彼の頭の中が読める気がした。父親が目を覚まして金がなくなっているのを見つけたら、一体どれほど怒り狂うのかと想像しているに違いない。そして、どれだけ殴られるのだろうか、と。

「おい」と、僕は小声で語りかけた。「僕と一緒に行こう」

トゥータは首を横に振り、後退りした。すぐ後ろが壁だったため、壁に背中をへばりつけて立ちすくんでいる。

「ここに留まって、父親の暴力を受け続けたいのか？」

僕のかすれた声ががらんとした部屋に響いた。「僕が家に押し入って金を奪い返したと知ったら、次こそ殴り殺されてしまうかもしれないんだぞ」

「そう思うなら、金を持っていかないで」と、トゥータは訴えた。

今度は、僕が首を横に振る番だった。

「トゥータ、君が僕と来ようが来るまいが、ふたつある小銭入れの片方は僕のなんだ。もうひとつは使者のもの。今となっては彼の家族のもの、と言うべきかな。僕に一緒にここを出よう。君は路上で暮らしてると言ったよね。どんな暮らしも父親といるよりはましだ」

「父ちゃんはきっとおいらを見つけ出すよ」

「じゃあ、僕とこの街を出よう」

そうは言ったものの、ここを出てどこへ行くのか、僕自身決めていなかった。でも、他に何ができる？

沈黙が流れた。蠟燭の仄《ほの》かな灯《あか》りが、うつむき加減の少年を浮かび上がらせている。しばらく考え込んでいたトゥータは顔を上げ、ようやく口を開いた。

「これが罠じゃないって、証拠はある？」

彼は訝《いぶか》しげな目つきを向けてきた。「おいらは兄貴を騙した。兄貴がその仕返しを考えてるかもしれないじゃないか」

「トゥータは僕の命を救ってくれた。そのお返しをしたいだけだよ」

少年は再び考え込んでいたようだったが、やがて小さくうなずくと、こちらへと歩いてきた。

だが、ちょうどそのとき、父親が姿を現わしてしまった。

髪はぐしゃぐしゃで、負傷した方の脚には乾いた血糊《ちのり》がべったりと付いている。苛立って唸《うな》り声を上げ、ぎこちなく歩きながらも息子の方に突き進んでいった。

「てめえ、何してる？　さては、俺の金をくすねようって魂胆か？」と、怒鳴りつけた父親は、まるで悪さをした犬猫を扱うかのようにトゥータの首根っこを引っ摑んだ。「父親の金を盗もうなんて、とんでもないガキだな！」

「違うよ、父ちゃん！　聞いて！」

トゥータは必死に懇願したが、父親は息子を乱暴に引っ張って床に倒し、無傷の方の足で蹴ろうとした。しかし、はっとして動きを止め、ゆっくりとこちらに顔を向けた。怒りのあまり、同じ部屋にいる侵入者の存在に今の今まで気づかなかったらしい。父親は僕を見て、食卓の上に目を落とし、もう一度僕に視線を戻した。何か違和感を覚えたのだろう、再び食卓を見やった父親はぎょっとしたかと思うと、みるみるうちに顔を紅潮させ、顔を醜く歪めた。小銭入れが消えていた事実と、僕がここにいたことで全てを察したようだ。僕が行動を起こすよりも先に、相手は怒声を上げ、部屋の奥から突進してきた。

短刀をちらつかせて威嚇しようとしたものの、頭に血が上った父親は怒り狂った猛獣のごとしで全く効果はなく、あっという間に摑みかかられてしまった。相手の猛烈な勢いに圧倒された僕は後方に弾《はじ》き飛ばされ、敷石に後頭部を激しく打ちつけた。頭の中で鐘のような音が鳴り響き、目がくらみそうになる。激情に駆られ、父親は歯止めが効かない状態になっていた。起き上がろうとした僕を再び薙《な》ぎ倒し、馬乗りになって片手で首を締め上げ始めた。身体の向きを変えて相手を振り下ろそうとするも、身動きが取れない。すると、顔に唾が垂れてきた。チュニックにも生温かい何かが染み込んでくるのを感じる。唾じゃない。血だ。トゥータの父親は出血しているのだ。しかも、かなりの量だ。頸部が圧迫されて意識が朦朧《もうろう》としていたが、僕が生き絶える前に、相手が出血多量で崩れ落ちないだろうかと願った。

ところが、相手の手にはますます力が込められた。僕はどうにかして呼吸しようと試みたが、ダメだった。それでも、ゆっくりと顔の向きを変えてトゥータを見た。少年は床に倒れたまま、ぴくりとも動かない。目は閉じられたままだ。放心状態なのか、それとも気を失っているのか。僕は力を振り絞って両手を持ち上げ、首を絞めている大きくごつごつした手を摑み、喉に食い込む指を一本一本引き剝がそうとした。父親のもう片方の手は背中に回り、テーブルの上の短剣を探している。早くなんとかしないと、窒息死するか、刺されて死ぬか、いずれにしても最悪の結末しか待っていない。

いよいよ視界がぼやけてきたそのとき、父親の背後で影が動いた気がした。トゥータではない。他の誰かだ。だが、誰なんだ？　その何者かの手が、父親の手が伸びるよりも先に、食卓の上の短剣を払い飛ばした。刃物は床に落ち、音を立てて転がった。そして僕の視界に、高く持ち上げられた粘土煉瓦が飛び込んできたのだ。父親は短剣がなくなっていることに気づいて後ろを向き、煉瓦を振り下ろされる瞬間を目の当たりにして驚愕《きょうがく》していた。後頭部を強打された彼は白目を剝き、身体がぐらりと揺れた。首を摑んでいた手が緩み、僕は喘ぎながら酸素を求めた。父親が横に滑るように倒れた後、その後ろに立っていた人物の姿が、蠟燭の灯りでぼんやりと照らされた。

僕の命の恩人。それは、アヤだった。

16

「大変！」

アヤはひざまずき、僕の顔を両手で支えた。僕は何度か瞬きをして、彼女を見た。彼女もこちらを見つめていた。もう一度見たいと思っていたアヤの顔が目の前にある。シワからジャウティまで砂漠を横断してきた長旅の証《あかし》が、彼女にもはっきりと残っていた。三つ編みのお下げ髪は砂埃で白くなり、顔も汚れている。

僕たちは自然と唇を重ねた。だが今は、再会の喜びを語り合ったり、互いの事情を詳しく説明する時間はない。床の上では、トゥータの父親がうめき声を上げ、立ち上がろうとしていた。アヤは僕を立たせ、戸口へと引っ張っていこうとしたが、僕はその場から動かず、アヤを引き留めた。

「トゥータ」

僕は床に伏したままの少年に話しかけた。「もう行くぞ。僕と一緒に来るかどうか、今決めてくれ」

今回は、それ以上彼の決意を促す言葉は必要なかった。トゥータは黙って立ち上がり、僕たちと表に出て街路を駆けた。石畳を蹴る三人の足音が通りに響き渡る。

「どうやってここに？」

走りながら、僕はアヤに訊ねた。

「バエクと同じ。馬に乗って」

彼女も走る速度を緩めずに答えた。「私が馬を預けたところにあなたの馬も預けてあって、その馬小屋番の少年があなたのことを覚えてた。しかも、その子の知り合いだったの」

アヤはトゥータを一瞥した。「で、少し料金を奮発して、どこでその子を見つけられるか、教えてもらったというわけ」

「あいつ、金に目がくらんでぺらぺらしゃべりやがって！」

唐突に叫び声を上げたトゥータだったが、眉をひそめたアヤと僕の視線に気づき、首をすくめて申し訳なさそうな顔をした。

「でも、まさかあそこでバエクまで見つけられるとは思っていなかった。幸運だとしか言いようがないわね」

「おいらもこの姉ちゃんと同意見だ。兄貴が来てくれなかったら、おいらは――」

トゥータはそこまで言って急に口をつぐんだが、すぐに顔を上げて僕たちを見た。「馬小屋までたどり着いて兄貴たちの馬を見つけ、今夜ここを出ないと。父ちゃんは、兄貴がそこに馬を預けたことを知ってる。ぐずぐずしてると捕まっちまう！」

馬小屋に着くや、僕たちは馬を外に連れ出した。その間、馬小屋番の少年とトゥータは用心深く睨み合い、明らかにトゥータは何か言いたげだったが、何も行動を起こさなかった。

僕とアヤは手際よく馬の準備をし、トゥータの父親が追ってきていないことを確認して街外れを目指し始めた。トゥータはアヤの後ろに座り、必死に彼女にしがみついている。馬は軽快に走り続け、ジャウティの街並みはどんどん小さくなっていった。

二時間ほど進むと、夜が白々と明け始めた。僕らは馬から降り、魚を焼いて腹ごしらえをすることにした。魚は、アヤがナイルの川岸の漁師から買っておいたものだ。もしかしたら、相手をおだて上げてただでもらったのかもしれないが。

焚き火の支度はトゥータに任せ、アヤと僕は話をするためにほんの少し移動した。互いの身体を支えてとぼとぼと進む様は、まるで戦《いくさ》から精根尽き果てて帰還した兵士のようだ。座り心地の良さそうな砂地を見つけると、ふたりともどさりと腰を下ろした。昇りくる太陽に背を向け、僕らは枝を集めて火熾しに精を出すトゥータを眺めた。いつもの定位置にアヤの頭がある。しばらくの間、聞こえてくるのは火打ち石の音だけだった。別の言い方をすれば、砂漠はひどく静まり返っていたのだ。あたかも、この世界に存在しているのが、自分たち三人だけの気がしてくる。

「なんでシワの村を出たの？」と、アヤが訊ねた。

「父さんを探すためだ。父さんに証明したくて……」

「私が訊いてるのは、なんで私に知らせずにシワを離れたかってことよ」

僕は言葉に詰まった。急に罪悪感が込み上げてきた。

「ああしないと、決心が鈍るんじゃないかと思って……」

思わず口ごもった僕を、アヤの澄んだ瞳が見つめている。僕は思い切って言った。

「旅立つことを話したら、君を置いていけなくなりそうだったからだ」

「もう二度としないで。さよならも言わずに、こそこそ抜け出すような真似《まね》は」

「……ごめん」と、僕は膝を抱えて小さくなった。

「じゃあ、話してちょうだい。何が起きたのか、全部教えて」

最初から最後まで——ラビアの家を訪ねたところからアヤが僕を助けたところまで——僕は全てを説明した。何ひとつ漏らさずに。

僕の話が終わると、アヤは「で、それが伝文の内容だったのね？」と、確認し、文言を繰り返した。「すぐに〝マザー〟と呼ばれる場所へ行け。我らは〝古き結社《ジ・オーダー》〟の集結を恐れる——」

「その通り」

「〝マザー〟は秘密の待ち合わせ場所よね。バエクはそれがどこか見当がつく?」

「全然」

僕は首を横に振った。

「じゃあ、〝古き結社〟が何かはわかる?」

もう一度首を振る。

「その歳になるまで、お父さんの会話とか、立ち聞きしたりしなかったわけ?」

「しなかった」

僕は言葉を失った。父から多くを学んだ気でいた。十分準備ができていると思い込んでいた。だが、このざまだ。自分ではうんと努力したつもりでも、結果を残せていない。父に会って、守護者にふさわしいと示せるものがあまりにも少ない。自分は二度も危うく命を落としかけ、なんの罪も責任もない使者が死んでしまった。僕のせいだ。僕が不器用で未熟だったから。

「これからどうすればいいのか、正直わからない」と、僕は漏らした。「どこから始め、どこへ行けばいいのかも」

するとアヤの腕が僕の肩を抱いた。こちらを励ますかのように腕に力を入れる。

「実はね、ラビアがバエクに話さなければならなかったことがあるの。あなたがちゃんと彼女の話に耳を傾けていたら、聞けていた話なんだけどね。ラビアはケンサについて語った。だけど、メンナが神殿を攻撃した後に何が起きたかまでは詳しく教えてくれなかった。そうでしょ？」

「ああ」

うなずく僕を見て、アヤは先を続けた。

「攻撃で亡くなった神官はひとりだけだったわよね？」

「たぶん。はっきりと覚えてないけど」

「その神官、メンナの襲撃で死んでなかったの」

アヤはそう言った後、しばし黙考していたが、再び口を開いた。「何が言いたいかって、その神官は死んだけど、メンナたちに襲われて死んだんじゃなかったってこと」

意外な事実に、僕は眉間にしわを寄せた。アヤはさらに続けた。

「神官はメンナたちが神殿を襲ったときには、生き延びていた。でも、襲撃された次の日に殺された。ヌビア人にね。あなたのお父さんが彼らにそうしろと頼んだの。その神官がメンナと手を組んでいて、情報を漏らしていたからよ」

ふと、ケンサたちヌビア人の野営地を思い浮かべた。正確には、ヌビア人がかつて夜営していた場所。そして、今はもぬけの殻になっているはずだ。そういや、彼らが去った時期は、メンナの襲撃後まもなくだった気がする。

「ケンサがいなくなってから、一度も会ってない。つまり、彼女がシワを離れたのは、そのせいなのか？」

「ヌビア人たちが急に立ち去ったのは、ある任務を遂行するため。あなたのお父さんから再び依頼された任務。彼らはメンナとその部下たちを追跡し、金輪際悪《こんりんざい》さをしないよう阻止することを任されたのよ。ラビアが私に教えてくれた情報から推測すれば、ケンサは成長し、この任務の指揮者になっててもおかしくない。メンナたちにかなりの痛手を与えたにもかかわらず、彼女の使命は完璧には終わっていない。メンナと何人かの部下は生き残り、逃走してしまったわけだから」

「つまり、ケンサと父さんが受け取った報せが関係してると、ラビアは思ってるってことか？」と、僕はアヤに問いかけた。彼女の顔を直視できなかったものの、彼女がしかめ面をするのが何となく感じ取れた。

「ラビアがあなたにそう言ってた？」

案の定、アヤは怪訝そうな顔で訊いてきた。

「アヤも確信が持てないのか？」

「断言はできないけど、ラビアは私たちに進むべき道の手がかりを教えてくれたんじゃないかな」

「浮浪児を連れ出し、今後すべきことの糸口を掴めずに、三人で砂漠に座り込むのが、ラビアが僕たちに示した道だと？」

「そうじゃない。私たちはすでに知ってるのよ、次にすべきことをね。バエクったら、さっさと夜逃げしちゃったから、ケンサのことをラビアから聞き逃してしまったんじゃない」

そういえば、父さんが旅立った直後にラビアに会いに行ったとき、彼女が何かを言いかけたのに、僕が使者を追いかけることを優先して話をさえぎったのを思い出した。ラビアはケンサについて何かを打ち明けるつもりだったのかもしれない。しかし——。

「バエク、ラビアはテーベに行き、ケンサを探し出して彼女の助けを求めろって言いたかったの！」

そう言い放ったアヤは瞳を輝かせているが、僕はふたつ返事で賛同することはできなかった。

「ラビアが仮に僕にそう示唆していたとしても、果たしてうまくいったかどうか……」

「それ、本気で言ってるの？」と、アヤは目を剝いた。

一瞬考え込んでから、僕は「いや、つまり……」と答えた。「その話を僕に伝えるって名目で、結局は、アヤに僕の後を追わせるのが、ラビアの本当の目的だったんじゃないかな」

「いずれにせよ、私はあなたにこうして無事に会えたし、ラビアの話も伝えられた。とにかく今夜は食べて、寝て、明日テーベへ向かうってことでいいでしょ？」

「少なくとも、それが今やるべきことだな」

僕は小さく息を吐いた。「でも、問題なのは、テーベについて僕らは何も知らないってことだ。ある程度の方向性を持ってジャウティ入りしたのに、僕に何が起きたか見ただろう？」

「だったら、おいらが手助けできるよ、兄貴」

そう声をかけたのはトゥータだった。足音も聞こえなかったし、気配も感じなかったのだが、いつの間にか彼は僕たちの前に立っていた。その背後では焚き火が赤々と燃え、揺れ動く橙色の炎は昇りつつある銅褐色の太陽に溶け込みそうだ。

「トゥータはテーベの街を知ってるの？」と、アヤが訊いた。ジャウティでの一件を聞いて、彼女がこの少年をどう思ったかはわからないが、その表情を見る限り、どうやらトゥータを見直したのかもしれない。

「おいらの母ちゃんと妹が住んでるんだ」

どこか自慢げに、そして、少し恥ずかしそうにトゥータは答えた。

「その部分は本当だったのか？」

こちらの問いに、トゥータはうなずいた。

「兄貴にした話は、全部が嘘だったわけじゃないよ。おいらたちは、以前テーベで暮らしてた。おいらはそこで、生まれてから十回、夏を過ごした。とっても好きな場所だったんだ」

懐かしそうに遠くを見つめて語っていたトゥータだったが、急に伏し目がちになった。

「でも、父ちゃんは強敵に目をつけられてしまって、おいらたちはテーベを離れてジャウティに移り住まなければならなくなった。父ちゃんは、おいらだけじゃなく、母ちゃんや妹にも暴力を振るってたんだ。酒のせいでね。兄貴なら想像つくだろ？」

「ああ、それが事実だとしても、何も驚かないよ」

「おいらたちの家が火事で焼け落ちたのも、嘘じゃない。父ちゃんが酔っ払って火の点いた燭台《しょくだい》を叩き落としたのが原因さ。さすがの母ちゃんも堪忍袋の緒が切れ、妹を連れてテーベに戻ったんだ」

「トゥータはテーベに行かなかったのか？」

「あの頃は、父ちゃんに対する忠誠心があったっていうのかな……」

彼の浮かべた苦笑には、後悔の念がにじんでいるようだった。

「トゥータ、一緒にテーベへ行きましょう」

アヤはにっこりと微笑んだ。「私たちの旅の仲間として。テーベについたら、あなたの活躍ぶりをとくと拝見させてもらうわ」

「おいらに任せてくれ、姉貴」

トゥータは華奢な腕を曲げ、力こぶを作るふりをしてみせた。アヤが噴き出し、トゥータも笑い出し、僕もふたりにつられて腹を抱えた。

僕たちは焼き魚で腹を満たし、泥のように眠った。アヤと僕は砂の上で身を寄せ合って丸くなり、トゥータもすぐ近くで寝息を立てた。やがて陽が昇り、砂漠の熱気が目覚まし代わりになった。短時間の仮眠では疲れは取れていなかったものの、僕たちはテーベへ出発することにした。とりあえずの目的ができた今、気持ちは晴れやかだったが、僕の頭には、使者が最期に残した言葉がこびりついていた。

すぐに〝マザー〟と呼ばれる場所へ行け。我らは〝古き結社《ジ・オーダー》〟の集結を恐れる。

彼は何を意味していたのだろう？　そして、〝古き結社〟とは一体――？

17

「結社は、我々を時代遅れで存在価値などなく、脅威でもなんでもないと考えているんだ」

サブは怒りを込めてそう言い放った。「ヘモン、一体何が起きているのです?」

年老いたヘモンは唇を噛んでいる。激怒しているのだ。かつてなら、サブにすかさず怒鳴り返していただろう。だが、依然として威風堂々とした風采ではあるものの、加齢のせいで筋肉は衰え、昔のような鋭さはない。もはや、怒鳴るという行為にあまり意義を見出せなくなっているのか、彼は静かに語り出した。

「サブよ。それこそが、我々が明らかにすべきことなのだ」

すると、「我らが師は、あなたの尽力に感謝しているのですよ」と、小声で伝えつつ、サベステットがサブの前に温かい飲み物を置いた。甘味のあるいなご豆《キャロブ》の粉を熱湯で溶いたものだ。しかしサブは、押し寄せる苛立ちの波と闘うのが精一杯で、とても口をつける気にはならなかった。

自分は、ヘモンとサベステットに頼まれた通りにやったまでだ。

はるばるヘベノウまで赴き、エムサフの農場が新しい所有者のものとなっていたことを知った。現在の所有者たちはサブに対して非常に用心深かったのだが、それもやむなし、と思われた。砂漠の長旅でサブはかなり汚れていた上、肉体的にも精神的にも極限状態でひどい人相だったからだ。さらにサブは、エムサフの農場で妻と息子が惨殺されていたという衝撃の事実を聞かされたばかりで、その衝撃がますます顔を険しくさせていたに違いない。

サブ自身、エムサフとは顔見知りではなかった。彼のことをよく知らなかったものの、互いに〝同志〟だという認識は持ち合わせていた。そして、現在では接触はないが、自分たちの過去はつながっていて、未来では、切り離せないほど絡み合っているはずだと思っていた。向こうもこちらに対して同じ考えだったと断言できる。同志である自分たちは、エジプトを古き良き時代のように再建するべく、ともに闘うのだとサブは信じていた。きっとエムサフも。

不思議なことに、その志に何の疑いもなく、使命として肉体にまで染み込んでいる感じだった。

「どうやって殺されたんだ?」と、サブが現在の農場主に訊ねたところ、「刺殺されたらしい」との返事だった。もちろん、彼らは死体を実際に見たわけではない。繰り返し、「私らは、前の農場の持ち主の死とは、なんの関わりもありませんから」と訴えていた。

「わかっている」

サブはうなずいたが、農場主と妻は明らかに神経質になっていた。自分はシワで、このような一般の民たちを守るのにひたすら人生を費やしてきた。民の恐怖の原因になるのを忌む自分が、彼らに不安を与える特使をしている皮肉な現状を嫌悪した。彼が微笑んでも、目の前のふたりの表情が和らぐことはなかった。とはいえ、できるだけ迅速に必要な情報を聞き出して立ち去り、民に普段の平穏を返してやる以外、他に選択肢はない。

「男性の遺体は発見されなかったのか？」

エムサフを脳裏に思い浮かべながら、サブは質問した。

遺体はなかった。相手の返事から、彼はそう確信した。

「その家族の所持品はどうなった？」

慣習に従い、ほとんどが遺体とともに埋葬されていた。残りはまだ取ってあると、彼らは言った。使えそうなものはないが、それでも、家族や友人が訪ねてきた場合に備え、保管してあるらしい。そこで彼らは、サブが調べたいのなら、喜んで残りの品を渡すと申し出てくれた。

彼はその言葉に甘えることにした。

ところが、ひとつひとつ確認したにもかかわらず、遺品の中に紋章は見当たらなかった。さらに巧みに探りを入れながら質問を重ね、紋章は母子の遺体と一緒に埋められていないこともわかった。

調査を終えたサブはヘモンのいるダルティへの帰途に就き、遠くに目的地が見えるまでほとんど休むことなく移動し続けた。街の中心部にそびえる花崗岩《グラナイト》の支柱は、エジプト第五王朝創設者ウセルカフの王宮のものだ。ほど近い場所には、隼《はやぶさ》の神モントゥが祀《まつ》られている神殿があった。モントゥは戦いの守護者であり、怒りを爆発させると、黒い顔の白い雄牛になると言い伝えられている。

この地にぴったりではないか。

そこにヘモンがおり、こうしてサブは彼と面会するに至ったというわけだ。

「奴らは我々を標的にしている。あなたはそうお思いなのですね？」

サブの問いに尊老、〝ジ・エルダー〟であるヘモンは首を縦に振った。

「ああ。そう考えれば、説明がつく」

「では、戦いの準備を」

「戦い……？」

ヘモンはそうつぶやき、サベステットに視線を向けた。

すると今度は、サベステットがゆっくりと顔を動かし、視力のない乳白色の目でサブを見た。

「我が師は疑問を持っておられます。今回の戦いに際して軍隊を編制するのに、師は必要な兵士の名前を知りたいそうです」

サブは目を丸くした。ヘモンは、戦機が迫りつつあるのをすでに予期していたのか。

「私はバエクの訓練を開始していましたが、息子はまだ用意ができていません」

「息子を一人前に仕上げるのが、おぬしの役目だ」

ヘモンは厳かな声で告げた。

「じきに、そうなります。ご存知でしょうが、エムサフも自身の息子を訓練していました。しかし、うまくいかなかった。人員は目減りする一方で、この事実は、我々の脆弱性《ぜいじゃくせい》に直結しています」

「全くもってその通りだ」と、ヘモンは鼻で笑った。「我々を屈強にするには人員が必要で、人員を増やすためにすべきこととは――」

師の言葉を継ぎ、サブはうんざりしたように答えた。

「もちろんわかってますから。バエクの訓練を終わらせます」

「いつ？」

「私がそうだと宣言したときです」

「このままだと、手遅れになるな」

ヘモンの眼光の鋭さが増す。「バエクを納得する戦士に仕上げたとおぬしが判断する頃には、結社は我々を全滅させている可能性が高い」

「バエクのことは、どうか私にお任せを。我々が今、最も突き詰めるべき問題は、我らを一掃しようと企む真の黒幕を見つけ出し、先手を取ってこちらが連中を一網打尽にすることです。奴らが本格的に行動を開始する前に、襲撃を仕掛けるべきかと。賛同していただけますね？」

ヘモンはこくりとうなずいた。

「それで、具体的にはどのように進めるつもりだ？」

「こちらに考えがあります」

そう返した後、サブは老師を見つめた。「ところで、なぜ今なのでしょうか？　結社が突如として我々の活動に興味を示し、こちらを根絶《ねだ》やしにしようと目論む理由とは一体――？」

「なかなかいい質問だ」と、ヘモンは目を細めた。「事態が進展したようなのだよ。アレクサンドリアで」
アレクサンドリアで！　サブはごくりと唾を飲み込んだ。

第二部

18

数ヶ月前

ある日の早朝、ライアという名の元兵士がアレクサンドリア図書館に到着した。あまりにも早い時間だったため、守衛のひとりは入り口の石壁にもたれかかり眠りこけていた。頭はだらんと胸元まで垂れ、口から伝うひと筋のよだれが陽光を浴びて銀色に輝いている。居眠り中の守衛の前を通り過ぎるとき、ライアは蹴って起こしてやろうかという衝動を必死で抑えていたのだが、傍目《はため》にはその男に無関心だったようにしか見えなかっただろう。冷静を装いつつ、彼は図書館の玄関広間へと入っていった。

館内では、別の展開が待っていた。うたた寝している人間などひとりもいなかったのだ。

中央には彫刻が施された背の高い大円柱が伸びており、前を移動していた男性が子供のように小さく見える。そのことに驚く者もいるだろう。男性は中庭に向かい、まるで泡のような白い柔らかな朝の光の中に姿を消した。中庭では、教師たちが生徒を引率して歩いている。円形劇場の石の腰掛け台には、学生たちが一列に座っており、数学者や天文学者の言葉にじっと聞き耳を立てていた。

閲覧室はとてつもなく大きい。並外れた規模に感嘆した誰かが口笛を吹くかもしれない。それもそのはず、左右上下にずらりと並ぶ何百何千という書棚には、何千何万もの巻き物が収められているのだ。羊皮紙《ようひし》でできた巨大な蜂《はち》の巣とでも言おうか。

至るところに彫刻や浮き彫り《レリーフ》細工が置かれた空間には、学びの場にふさわしい空気が満ち満ちている。湿ったかび臭が微かに漂っているかもしれないが、いかに古い先人からの教養と知恵がここに集められているかという証でもあった。実際に立ってみればわかる。ここには、全人類の知識、森羅万象の過去、現在が保管されている。そして、おそらく未来も。それらが手を伸ばせば届く範囲にあるのだ。

その事実に深い感動を噛み締める人間もいるだろう。だが、ライアには当てはまらない。ライアは己のいる方角を知ろうと立ち止まり、辺りを見渡した。男女を問わず、若い学生があちこちを歩き回り、石床を叩くサンダルが音を立てている。この場の素晴らしさ、荘厳さが彼に通じないというわけではないし、ここに彼が好印象を抱かないのでもない。ライアは、かつて兵士だった。鋼《はがね》のような冷静沈着さと鉄のように強固な意志と、敵の大軍を目前にしても動じない不屈の精神で知られた戦士であった。そんな彼は、図書館に心を動かされない。ただそれだけだ。

あれは……?

彼は、巻き物がぎっしりと詰められた棚の間を進む年長の職員に、方角を訊ねるつもりでいたのだが、どうやらその必要はなさそうだ。セオティモスの空咳《からせき》が聞こえたのだ。歯ぎしりや骨が鳴る音に鳥肌を立てる者がいるように、それはライアの神経を逆撫《さかな》でする音だった。ごほごほと断続的に繰り返される乾いた咳は、館内に響き渡り、居場所を教えてくれる目印に思えた。

ライアは向きを変え、音のする方を目指した。ふと左手を一瞥すると、棚に横たわる巻き物の筒の空洞越しにこちらを見ている目があった。偵察者か? それともただの好奇心旺盛な学者か? 彼は気になって書架の端まで来て反対側に回り込んだところ、それが後者だったことに安堵した。念のため警告の意を込めて、青年を思い切り険しい顔で睨みつけてやった。相手はぎょっとして肩をすくめ、うつむいてこちらに背中を向けた。

また咳が聞こえた。その主を目指して進んでいくと、とうとうライアはセオティモスを見つけた。一見、図書館の一角で野営しているのかと思えるほどの状態だった。机の上はすっかり文書に埋まっていたものの、本人はさらなる文献を持って席に戻ってくるところだった。

腕に抱えているのは巻き物だけだったが、その重さのせいでセオティモスは余計に腰が曲がってしまっている。歩みは遅く、片足をやや引きずっている。しわだらけの顔を上げてこちらに気づいたとき、その濁った目は一瞬、あたかも犯罪現場を目撃されたかのように恐怖と驚きで見開いたが、すぐに困惑の表情となった。こちらを認めたのは明らかだった。

その場に立ち尽くし、彼は眼前の縮こまった老人を見下ろした。名目上、セオティモスは先達《せんだつ》だ。代役としてこの仕事に選ばれてしまった運命を呪いつつ、自分が最初からこの任務に疑問を持っていたことを改めて思い出した。高齢のセオティモスは見るからに弱っており、必要なのは従者ではなく、介護人ではなかろうか。一年以上、彼とともに仕事をしてきた今、ライアは確信していた。セオティモスを〝古き結社〟でこの地位に置いておくことは、尊敬と忠誠を履き違えた結果に他ならない、と。

何世紀も前に創設された我らが結社は、メンフィスでアレクサンドロス大王が始めた統治の新たな形をエジプト人に適応させるために活動してきた。結社の指導者は代々、結社の主たる信条を受け入れ、時には、状況に応じて若干調整させることもあった。その信条とは、ひと言で表わせば「啓蒙《けいもう》」だ。神や祭司、暴君による恐怖支配から脱し、自治という現代的な様式に世の中を移行させる——古い秩序に取って代わる新しい体制。我々はそれを目指している。

かつてセオティモスは結社をうまくまとめ、組織の目的を維持しようと熱心に働く者たちに囲まれていた。もちろん彼が配下の者たちを扇動してきたことは言うまでもない。まさにこの図書館には、伝説化している討論会をはじめ、セオティモスが振るった熱弁が文字に起こされた記録が多数収められている。彼は実に偉大な人物であり、敵にとっては恐怖の的なのだ。

結社屈指の思想家や政策立案者らと活動を始めた頃のセオティモスの姿を知っておくことができたら、とライアは願わずにはいられなかった。そうすれば、彼に対する感じ方も違っていただろう。老いたセオティモスを自分がどんなふうに見ているのか——、ライアは考えるのも嫌だった。この先、彼がさらに永らえれば、どれだけ同じ思いを抱き続けなければならないのか想像もつかないし、考えたくもなかった。セオティモスを視界に捉えるたびに軽蔑が込み上げてくるのに、いい加減うんざりしている。たった今したように、向こうが形式的な会釈をして「さて誰だったか」と一瞬考え込んだ後に、「ああ、おまえか」

と認識したことを目やにだらけの目が物語っている。そんな姿に冷笑を禁じ得ない自分が嫌なのだ。

こちらの葛藤も知らず、セオティモスはのんびりと机に戻っていった。

「ごきげんよう、我が友よ」

微笑んだ彼の口は歯並びの悪さを露呈し、すでに失われている歯も複数本あった。白い頭髪は長く、伸び放題の髭はぼさぼさで手入れが必要だ。願わくば、挨拶を交わすたびに、温かく反応することができればいいのだが――。

それは無理だった。もはや自身の身の回りの世話をきちんとできない尊老の学者への嘲笑を抑えるのが精一杯で、ライアは、相手を軽視する正当な理由がまたひとつ増えたくらいにしか思わなかった。

「セオティモス」と、ライアは呼びかけた。「こんな朝早くに私を図書館に呼び出した理由とはなんですか?」

「やるべき仕事を与えられてな」

セオティモスの視線が自身の前に置かれた巻き物の山に戻り、指が羊皮紙の上を踊るように動いていく。彼に〝仕事が与えられた〟事実は、全く驚くべきことではない。彼らより高位の結社の人間たちは、セオティモスにいささか退屈で取るに足りない作業を常習的にやらせているからだ。これらの仕事とやらは、セオティモスの学者としての優れた能力を活用するように意図されている一方、戦術家としてのライアの技能は蔑ろ《ないがし》にされ、鈍る一方だった。

「それはどんな仕事なんですか？」

心の中でため息をつきつつ、ライアは訊ねた。

「なんというか、ちょっとした評価をする仕事だ」

セオティモスはそう答えた。上体を傾けた彼は目を細め、手を定規代わりにして巻き物を読んでいる。すると、突然「おお！」と声を上げた。

「なんです？」

「おまえもこれを見るか？」

相手に手招きされ、ライアはゆっくりと歩み寄った。羊皮紙の上にはギリシャ語も書かれている。ギリシャ文字を知っていたが、セオティモスとの会話では主にテーベ語を話していた。そこには他言語の文字も記されていたが、ライアには読めなかった。

質問するより先に、セオティモスは舌打ちのような滑稽《こっけい》な音を立てた。

「〝sekh《セク》 shat《シャット》〟だよ、これは」と、彼は巻き物を指差している。古い「民衆文字《デモティック》」で書かれている。おまえのような青二才は知らないはずだ」

ライアはかちんときて、つい問いただしてしまった。

「お言葉ですが、私が未熟だとおっしゃりたいのですか？」

セオティモスはけらけらと笑った。

ふん。少なくとも私はおまえの最後の年の気晴らしの種ってわけか。私が一緒にいるのは、それだけのためか。ライアは心の中で歯ぎしりをする思いだった。

「ここにあるこの単語だが」と、セオティモスは続けた。「どんな意味かわかるか？」

「残念ながら見当もつきません。おそらく私が生きる意志を失《な》くしてしまう前に、あなたが答えを教えてくださるのではないかと思います」

謎めいた文字を知る老学者は顔を上げ、目を細めた。突然鋭く閃いた瞳に、ライアの心は掻き乱された。そして、ゆっくりと破顔するセオティモスに圧倒され、思わず後退りしてしまいそうになった。

「これはな、〝メジャイ〟のことだよ」

セオティモスの口から出た言葉に、ライアは身体を強張らせた。

19

セオティモスから驚くべき言葉を聞いた数週間後、ライアはアレクサンドリアの売春宿で目覚めた。ぼやけた意識の中、様々な計略が湧き上がってくる。支払いを済ませて帰路に就き、策を練るために自宅に戻った。いくつもの要素が複雑に絡み合う企てになりそうだが、結社での己の地位をできるだけ円滑に、かつ効率よく昇格させる結果になることが何よりも肝心だ。

まずは、翻訳家を探さねばならない。

いや、それよりも先にすべきことがある。成し遂げれば、かなり大きな満足感を得られるはずだ。

そこで、計画の基本的な部分ができ上がったところで、荷造りをし、妻とふたりの娘に別れを告げてアレクサンドリアから出発した。船を手配した彼は、ファイユームを目指してさざめく青い川面《かわも》を進んでいった。

目的地近くで下船すると、今度は馬を買い、バイオンと呼ばれる暗殺者の家へ向かった。かつて戦士としてともに死線を越えてきた男は、今もコール墨で目を黒く縁取っているのだろうか。そして、昔と同じ死んだような目をしているのだろうか。

† † †

エジプトのほとんどが乾いた砂漠に覆われている。だからと言って、景色に何も変化がないというわけではない。西方砂漠には、〝白砂漠〟と〝黒砂漠〟と呼ばれる、一風変わった砂漠が存在している。石灰岩の白亜の奇岩が林立する〝白砂漠〟と、太古の噴火で玄武岩《げんぶがん》に覆われた小高い火山性の丘がいくつも並ぶ〝黒砂漠〟。バイオンの家は、ファイユームにほど近い黒砂漠の外れ、建物が散在する小さな集落にあった。ちょうど小規模な谷間の斜面に建っているせいか、一見したところ、家々が地面にじわじわと沈みつつあるように思えてしまう。毎度のことだが、吹きすさぶ風は地面から砂を掬い上げ、家の壁にぱらぱらとぶつけていた。決して住環境に適しているとは言えない地。家路に就く羊飼いたちを見ていると、ほとんどの時間をここから離れた場所で過ごす彼らの生活はもっともだと、うなずいてしまう。

水汲みから戻ってきたバイオンは、視界に飛び込んできたものにぎょっとして足を止めた。

家の前に馬がつながれていたのだ。普段から人が寄りつかない場所なのに。しかも、馬の背には、王宮衛兵の投げ槍武装兵《マチュアロフォロイ》の目印となる掛け布が下がっている。

奴か。他にわざわざここまで自分に会いに来る人間などいない。

念のために短剣を抜き、柄の革紐を手首に巻きつけてから家の中に足を踏み入れた。

予想通り、そこで待ち構えていたのはライアだった。こちらが扉を開けるや首をすくめたのと対照的に、相手は胸を張って立っている。顔を上げたバイオンはライアと目を合わせ、無言のまま、しばし視線を逸らさなかった。ライアは腕組みをし、顔には笑みを浮かべている。バイオンは、手にした武器をしまうべきかどうか躊躇していた。

沈黙を破ったのは、訪問者の方だった。

「やあ、バイオン。我が古き友よ」

「指揮官」と、バイオンはにこりともせずに返した。こいつにおべっかを使う必要などない。そもそも愛想を振りまくこと自体好きではなかったし、ライアに不意打ちを喰らわせたり、狼狽《ろうばい》させたりするのは小気味よい。彼は戸口から脇にずれ、暗がりに身を置いた。相手が重心を移動させ、いつ攻撃してくるかわからない。その瞬間に備えて身構えつつも、ライアの気分を害さないようにするためだ。

「何が望みですか？」

ライアは相変わらず微笑んでいる。上品だが、あからさまな作り笑いで、過去の遺物に等しいバイオンの短剣を見つめていた。「まさか、まだ自己防衛の必要があると感じているのではあるまい。ただ、短剣を帯革に戻そうとしていただけだよな？　私はただの人間だ。偉大な暗殺者であるバイオンの手が鋭い刃物を握っている光景は、我々の中で最も勇敢な人間ですら恐怖を感じるのかと思わせてしまうぞ」

「最も勇敢な人間とは身に余るお言葉です、指揮官」

尊敬の念を込めて、というのではなく、単なる社交辞令的な返答をした。ライアとて同じだろう。

「ほう、未だにコール墨を塗っているのか」

「太陽光のまぶしさを軽減させるためです」

ライアの視線が自分の傷痕を捉えた気がした。暗がりが傷痕を浮き上がらせることを知りつつも、バイオンは動かなかった。

「現地で何があった？」と、かつての指揮官は訊いた。

「口論です」

それ以上の質問は受けつけないと言わんばかりに、彼はきっぱりと言い放った。

「ずいぶんと奇妙な口喧嘩があったものだな」

ライアは指で頬に十字の印を描いて見せた。まるで、そのような傷の原因は剣戟《けんげき》しかあるまいと訴えているようだった。

バイオンは再び首をすくめた。その話題には、もう触れたくなかった。彼はかつての仕事で判断を誤った挙句《あげく》に逃げ出し、職を失った。同じ間違いを繰り返すつもりはない。

「よかろう」

ライアは深いため息をついた。その話題はおしまいという合図だ。「最後に顔を合わせてからずいぶんと経つが、これまでどうしていた？ かれこれ十回の夏が過ぎている」

バイオンは自宅を顎で指した。低い天井。圧迫感を覚えるほどの狭い部屋。最小限の必需品しかない室内は、孤独と質素な暮らしを雄弁に物語っている。

すると、ライアの目が輝いた。あたかもその答えを待っていたかのようだ。別に構わない。相手のチュニックは最高級の生地《リネン》で作られており、帯革は使い古されているものの、上質の革が使われている。ライアの全てが、帯革に挿した武器とかけ離れていた。他は大違いだが、短剣だけはバイオンのものと同様、王宮衛兵時代の代物だ。

「アレクサンドリアの生活は快適だ」と、ライアは言った。「本当に最高なんだ。事実、私はそこで、新しいエジプトを創り出す先頭に立っている。結社のことを知っているか？我々の仕事ぶりは君のところにも伝わってきているかな？」

バイオンが首を横に振ると、ライアは先を続けた。

「人員数も勢力も増している組織だ。我らの目的は、新しく、より現代的な社会の先導役になること。世を古いやり方から脱する方向へと導いていくのだ」

もっと話したければ勝手にするがいい。バイオンは話を聞くのにうんざりし、敢えてその感情を隠そうともしなかった。かつては、同じ組織で働く同士として——特に世の中に対する知識を得るようになってからは——政治や社会思想の話をするのを極力避けてきた。自分の仕事は政策を決定する人々に受け入れられることではなく、彼らを守り、必要とあれば彼らのために殺人を犯すことだ。それらの仕事、とりわけ殺しの方に、バイオンは非常に適しており、それを生業《なりわい》とするのを誇りに思うようになっていた。自分が誰よりも長《た》けている唯一のこと。だから、バイオンは確信していた。ライアがわざわざ長旅の果てに自分に会いに来たのは、ただ単に話をするためではない、と。

「結社は、アレクサンドリアで非常に強い勢力を誇っている。今後はさらに強力な組織になっていくだろう。ここで君がせっせと家造りに励んでいる間、私は結社のメンバーと身を粉にして働いてきた。それは野望があるからではない。バイオン、君ならわかるはずだ」

大丈夫、自分は無表情のままだ。彼は感情を露わにせぬよう細心の注意を払っていた。どうやらライアはあまりにも長いこと政治漬けになり、こちらが何者で、どんな人間かを忘れてしまったらしい。

「……しかし、私はより良きエジプトのために働いていきたい。この国が、より豊かな自治国家となるように。嬉しいことに、結社の年長者たちは、私がいかに組織に貢献し、誠実であるかを認めている。組織内のあちこちで私のことが話題となり、いずれは結社を背負って立つ高位に就く逸材だと囁かれている。これは別に私が自意識過剰だからでも、驕っているからでもなく、紛れもない事実だ」

そう説明しながらチュニックのしわを伸ばすライアは、明らかに己に酔っていた。そして、こちらから賞賛や驚嘆の言葉が返ってくるのを期待していることも、手に取るようにわかった。

目の前の男が、その結社とやらでどんな立ち位置にあり、いかなる評価を受けていようが、バイオンには全くもって興味がない。短剣を再び取り出し、刃を研ぎたい衝動を必死で堪《こら》えた。そんな反応をするのは大人げないと、相手をじっと見据え、落ち着いて呼吸をしつつ、彼は身体の重心を変えた。ライアはいつこんなおしゃべりになったのだろう。かつては不言実行の人間だったのに。バイオンはぼんやりと、そんなことを考えていた。

何も返事がもらえないと気づいたのか、指揮官は口を開けたが、一瞬、うまく言葉が出てこない様子だった。しかしすぐさま、饒舌《じょうぜつ》さが戻り、滑らかに話し始めた。

「もちろん、私の昇進云々を決めるのは私自身ではないし、自分の管轄外のことをあれこれ考えても仕方があるまい。私の目下の関心事は、目的に向かって前進し、我々の慈善行為をより良きものにしていくことだ。エジプトを見つめるローマの目がある中で、我々が生き延び、力を保持したいのであれば、結社は賢くあらねばならない。それは痛いほどわかっている。つまり、我らは行動を起こす必要があるのだ。君なら先制措置と言うのかもしれないな。バイオン、ここまでの話は理解しているか？　わかりやすく説明しているつもりだが、どうだ？」

バイオンはうなずいた。実際に理解していた。ライアは昔と同じで、素晴らしい素質はいくつも持っているにもかかわらず、己の欠点には気づいていないということを。謀略を重ねるたび、どんどん独善的に、自信過剰になってしまったらしい。

「よし」と、満足げにライアもうなずいた。「君ならわかってくれると思っていたよ。それが前提なんだ。私の馬の掛け布を見た瞬間に君は悟っていただろうが、私は昔の仲間の近況を聞きにわざわざここまでやってきたわけではない。君に頼みがあって来たんだ」

頼み、か。ものは言いようだな。

ライアは続けた。

「アレクサンドリアで、私は結社の年長者の補佐役を任されている。その年長者とは、セオティモスという学者だ。少し前、セオティモスはメジャイに関する巻き物を発見した。彼が言うには、メジャイの復興を示している巻き物らしい」

そこまで一気に語り、指揮官は「バイオン、君はメジャイのことを知っているよな？」と問うてきた。

バイオンは再びうなずいた。メジャイについて知っているのは事実。どうしたら一員になれるのかと思い、好奇心からメジャイを調べたことがあった。自分が得た情報によれば、メジャイとは、古き王国の守護者、古代の万物の守り人、かつて墓や神殿の見張りをし、護衛および平和監視者としての任務を遂行していた者たちを指す。古代では、メジャイは単なる戦闘に長けた兵士というだけでなく、博識だと考えられており、人々から恐れられる存在だった。しかし、それは何百回もの夏を遡《さかのぼ》った昔の話で、時世は今と異なる。当時生きていたエジプト人の関心事も今の人々とは違うはずだ。王朝の変遷《へんせん》とともに新たな護衛や守護者が登場すると、メジャイは時代遅れだと見向きもされなくなっていった。そういう点では、メジャイは、時流に取り残されて古臭いと見下され、毛嫌いすらされるようになった生活様式の最も顕著な一例と言えよう。時が経つにつれ、メジャイの社会的地位は変わった。民に畏怖《いふ》の念を抱かせる守護者から、真偽の怪しい伝説となってしまったのだ。今では、ほとんど噂話でしか聞かれなくなっている。エジプトのある地域では、彼らの存在は風変わりで興味深いと思われているが、どうでもいい話の種に過ぎない一方で、メジャイは迫害されて全滅したと考えられているところもあった。

メジャイの数が減少し、目にする機会がなくなるにつれ、どういうわけか学者たちは彼らを再評価し始め、その影響について真剣に研究するようになった。それがなければ、メジャイは時代にそぐわなくなった過去の遺物として、人々から忘れられていったに違いない。彼らはもはや何かを守っているわけではないものの、高潔な存在としての印象を保ちながら、その名前は現在も語り継がれている。古い生活様式は、暗に、新しいものよりも簡素で堕落しにくく、良いのだとされており、メジャイは、その古き良きやり方を保護する象徴ともなっていた。

王宮衛兵として、彼とライアは古代ファラオのしきたり――すなわち、メジャイの流儀――から離れていく者たちとともにあるべきだとされていた。バイオンはメジャイには会ったことがないが、当時、彼らについて耳にすればするほど興味を引かれた。メジャイと比較してみると、ライアが結社に加入したのは至極当然だとわかる。自分の指揮官だった目の前の男は、新しいものを取り入れるのに熱心で、〝古きもの〟への厳しい批判を展開するのが常だったからだ。ライアがメジャイを目の敵《かたき》にするのも納得できる。

では、自分はどうなのか。そんな問題はこれまで一度たりとて考えたことがなかった。メジャイは、ちょっとした好奇心の対象としてしか捉えていない。そもそも、自分は誰かを護衛し、誰かを殺すことで金を稼いできた。考えることでは儲《もう》けられない。

「メジャイの復興？」

ようやくバイオンは口を開いた。頭の中では、メジャイと自分が一体どう関係するのかと、すでにあれやこれやと詮索が始まっている。「あなたの上役、セオティモスがそう考えているということですか？」

「厳密には、セオティモスは私の上役《ボス》ではない」

気に障《さわ》ったのか、相手はむっとして返事をした。「だが、あの老学者は確かにメジャイの復興を信じている」

「で、あなたはどうお考えで？」

どうか今度は的を射た答えを返してくれ、とバイオンは願ったが、ライアはまたしても回りくどい物言いで話し始めた。

「あのような奇妙奇天烈《きみょうきてれつ》な古代言語で書かれていては、巻き物を読むことができない。私は学者ではなく、兵士だからな」と、相手は誇らしげに胸を張った。「だからこそ、セオティモスのような歴史学者がいて、巻き物を解読し、何が書かれているかを我々に伝えてくれるんだ」

「それで、セオティモスは巻き物にどんなことが書かれていると言っているのですか？」

バイオンは根気よく、違った角度から質問してみることにした。殺し屋は、様々な状況に備え、臨機応変に対応しなければならないゆえ、今の彼は随分と辛抱強くなった。戦士時代もそうあるべきだったが、昔はもっと短気だった。

ライアは不愉快そうな顔のまま顎を引き、再び重心を変えた。どうやら苛立ちを隠そうと必死らしい。

「残念ながら、セオティモスは大病をしてしまい、翻訳能力の低下が否めないんだ」

「なるほど」

病気のせいにしているが、もしや刺客が放たれた結果、命は助かったものの――という含みがあるような気がしてならない。それでもバイオンは、もしやどこかの戦士に斬られたのか、それとも毒でも盛られたのか、などと訊くことはしなかった。

「彼が早く全快し、元のように研究に励むことができるようになればいいのだが」

なかなか核心にたどり着かない会話でやきもきしているこちらの気持ちを察したのか、ライアはやや早口になっている。「しかしながら、病床から彼が告げたのは、メジャイは敗《やぶ》れていないということだけ。今の彼には、それが精一杯だった。私が解釈するには、連中は敗北を認めず、エジプトでかつて手にしていた地位と勢力を取り戻すために密かに計画を企てているのかもしれない。ここまで聞けば、君も容易に想像できるはずだ。エジプトの地が、メジャイと我が結社との直接対決の場になってしまうということを」

ここまで一気に語ったライアは、一度言葉を切った。こちらが理解しているかどうか、その鋭い目が見極めようとしている。そして、納得したのか、相手は先を続けた。「バイオン、君はこうも想像するだろうな。我々は衝突を避けたいと考えている、と」

バイオンは何もするつもりはなかったのだが、ライアはこちらが話をさえぎろうとしていると思ったのか、片手を上げて諫《いさ》めた。

「いつメジャイが行動を起こすつもりなのかと、君は訊ねたいのかもしれないが、それは定かではない。わかっているのは、メジャイ戦士の新世代も加わる長きに及ぶ計画ということだけだ。さっきも言ったが、我々は衝突を避けたい。全てをなかったことにし、この計画があった事実すら闇に葬りたいと思っている」

「我々とは？」

「結社だ」

「あなたとセオティモスということですか？」

意外な質問だったのか、苛立ちの表情が消え、ライアはどちらかと言うと驚きの表情を浮かべた。

「それが何か問題か？　いずれにせよ、計画を実行に移される前にメジャイを止めることが、結社のためになる。私はそう信じている」

なるほど。結社のためという大義名分か。本当は、自分の地位や名声を高めるためなんだろう？　心の中でそう思いつつ、バイオンはこう言った。

「では、あなたの組織では、他にこのことを知っている者はいないということですね？」

「それも戦略のうちだ。我々の意図を知る人間が少ないほど、メジャイ側に漏れ、連中が反撃に出る可能性も低くなる。奴らを急襲し、大打撃を与える必要があるんだ。これは隠密作戦として進めなければならない」

「つまり、それが理由ですか？」

ライアの眉間にしわが寄った。

「他にどんな理由があるというんだ？　我々の仲間が危険なんだぞ。敬意を払う同志に迫る危険要素は摘み取る必要がある」

次の言葉は、〈だから、私はここに来た〉だろうな。バイオンはそう予想した。

「だから、私はここに来た。これが無駄足にならないことを期待している」

「私にメジャイを殺せと言いに来たということですね」

バイオンの返事を聞いた指揮官は小さく笑った。

「単刀直入に言えば、そうだ。全くその通りだよ、バイオン。生き残っているメジャイをひとり残らず、君の刃《やいば》で始末してほしい。メジャイのメンバーだけでなく、その血筋も絶やさねばならない。つまり、メジャイの妻と子供もだ……」

そこでライアは一旦口を閉じた。こちらが尻込みするかどうか見定めようとしているらしい。しかし、バイオンはひるまなかった。彼は、これまで男だけでなく女子供も手にかけてきたからだ。

標的の年齢や性別は問わない。殺しは殺しだ。

「バイオン、彼らを皆、亡き者にしてほしい。そして、息の根を止めた証として、メジャイの紋章を集め、アレクサンドリアの私のところまで持ってきてくれ。君が仕事を成し遂げたという確信がほしいんだ」

「見返りは？」

こちらの問いに、ライアは再び誇らしげに胸を張った。

「話した通り、私はいずれ結社を率いる地位に就くことになるだろう。もちろん、私を助け、私の昇進に手助けしてくれた人間にはこの上なく大いに感謝し、結社内で優遇されるように取り計らうつもりだ」

「指揮官、それは私のことですか？」

ライアは目を丸くした。

「バイオン、私を助けてくれた人間なら誰でも、という意味だ。そう言ったつもりだったんだがな」

「私がかつて住んでいたアレクサンドリアには戻りたくないと考えていたら、どうするおつもりですか？」

相手は腕組みをし、かつての部下を見据えた。こちらがこのあばら家に留まりたいと思うわけがないと、頭から決めてかかっているらしい。

「本当にそれが君の望みなのか？」

ライアは心得顔で言い、バイオンが返事をしないでいると、こう付け加えた。「どうやら、君に思い出させる必要があるようだな。あのことを――」

20

彼らはかつてナウクラティスにいたことがあった。当時のことをバイオンは鮮明に覚えている。ナイル川デルタの西端にあるナウクラティスは、エジプト第二十六王朝初代王プサンメティコスによってギリシャ人の定住地として築かれた、アレクサンドリアと同じ近代的な都市だ。とは言っても、未だに古くからの問題を抱えている。そのうちのひとつが――ライアとバイオンがその日に見つけ出すこととなるのだが――地主と彼らの畑で作業をする小作人《セクヘティ》との絶え間ない対立だ。

当時、バイオンとライアは、王朝の下級文官の子供の護衛を担当していた。クェナという名前のやんちゃな小君主だった。彼らはしきたりで、子供がより安全に過ごせるようにと母親に対する贈り物として配置されたのだが、ふたりとも熟練した兵士であり、楽な仕事だからと手を抜くつもりはなかった。

その日、彼らは幼君《ようくん》を連れ、四方を壊れた石柱に囲まれた広場にやってきた。アレクサンドリアから来たばかりのふたりは、広場が普段の二倍は混雑し、雰囲気が異様な熱気に満ちていることに気づかなかった。彼らが目にしたのは、とにかくにぎやかな広場の姿だった。中央には一段高くなった石の演台があり、活気あふれる聴衆に向かって複数の男たちが熱のこもった演説を行っている。

その中で、ひときわ大勢を集めている演説者がいた。

「なぜ俺たちはこれに耐えなければならないんだ？」と、その男は声を張り上げていた。身体を前のめりにし、片手を大きく振って群衆の関心を引きつけようとしている。汚れた外衣を着ているせいで、弁者の言説の重大さがさらに強調されている感じだ。「なぜ俺たちはこんな扱いをされて黙っていなきゃいけない⁉」

バイオンたちの前で、その男は、ワカレという名の地主の罪深いやり方を糾弾《きゅうだん》する演説を続けていた。

少し後になって、バイオンはワカレの業務慣例を捜査するに至り、道義に反する搾取的なやり口が常態化していたことを知る。彼が広場で経験した怒りと憎しみは、正当なものだったと判明するのだが、演説を聞いていたその時点では、まだ何もわかっていなかった。

「俺たちは立ち上がらなければならない！」

話者は大声を上げた途端、バイオンの護衛対象の少年がぎくりとし、後退りし始めた。

演説の激しい物言いに気後れしたのだろう。ここは立ち去った方がいいかもしれない、とバイオンは思い始めた。取り巻きの聴衆もどんどん興奮し、今にも手が付けられない状態になりそうだったからだ。

一方で、これは少年に見せるべき現実ではないか、とも考えた。裕福で平穏な暮らししか知らないこの子が世の中の真実に触れる、いい機会かもしれない。

「俺たちは日々、汗水垂らして働いている。奴の農場のためにな！　俺たちが骨身を削っているから農場は成り立っている。なのに地主ときたら、その事実を全く無視してやがる！なんで何も働かない奴の懐《ふところ》ばかりが潤うんだ？　あまりにも理不尽じゃないか。俺たちは、労働に見合った報酬を受け取るべきだ。さあ、自分たちの土地を取り戻そう！」

弁者はチュニックの中に手を入れ、ひと握りの土を取り出し、聴衆に差し出すように掲げた。おそらく服の内側に土入りの小袋を下げていたのだろう。土は、指の間からどんどんこぼれ落ちていく。彼の演出に、場は一気に白熱し、群衆から大きな歓声が上がった。

そして、ついにあの事件が起きた。

おそらくワカレは、演説者が民衆を煽っている事実を知らされたのだろう。いや、すでにこの事態は地主にとっては想定済みで、あらかじめ大勢の人間を集めるだけの時間があったようにも思われる。いずれにせよ、雄弁を振るっていた男を取り巻く人々の過熱ぶりは最高潮に達し、その場が制し難い興奮のるつぼと化したとき、広場の左手から三人の男たちが現われた。彼らは、肩で無理やり人混みを掻き分け、演説者へと前進していく。

演台にたどり着くや否や、ひとりが引き抜いた剣をこれ見よがしに振って人々を散らし、他のふたりが演説していた本人に襲いかかった。地面に倒された弁者は、何度も激しく殴られた。振り下ろされる拳が霞《かす》んで見えないほど、凄まじい勢いの攻撃だった。それを見た聴衆は、すでに興奮状態だったのも相まって、憤怒の怒声とともに演台に駆け寄ろうとしていたが、振り回される剣を前にしては手も足も出せない。容赦ない暴力は続き、演説者は次第に血だらけになっていった。

バイオンは頭の中で、ひとつのことだけを考えていた。

己の任務に集中しろ。己の任務は少年を守ること――。

ライアも同じだったはずだ。

「我々から離れないで」と、ライアはクェナに言った。それは、少年が聞き慣れていたいつもの言葉よりも命令口調で、厳しいものだった。奇《く》しくも、ライアはその子よりも位が低く、しかも雇われている分際だったが、金持ちの家のわがまま息子とはいえ、クェナは聡明《そうめい》な子供だった。しかも、父親から護衛の命令には従わなければならないと常々教え込まれていたので、彼はすかさずバイオンの背後に隠れ、護衛が状況を判断する間、おとなしく待っていてくれた。

群衆から、新たな叫び声が上がった。広場の右手から、さらなる男衆が姿を現わしたのだ。今度は七、八人と数も増え、長剣、短剣、熊手などのあらゆる武器を手にしている。近づくにつれ、高く掲げられた武器の邪悪な尖端が怪しく輝き、そいつらが相当苛立っていることもはっきりと見て取れた。

ライアは上着《カラシリス》を後方に揺らし、帯革に下げた剣に手を伸ばした。それを見たバイオンは今後の展開を先読みし、逆に状況を悪化させる可能性が高いとして相方を止めようと手を伸ばした。しかし、すでに遅かった。新たに到着した輩たちは、王朝衛兵を認めるやこちらに突進してきたのだ。怒りに沸き返っているのか、酒で酔っているのか、血に飢えているのか、暴力を振るいたくてうずうずしているのかはわからないが、どいつも血走った目を見開いている。ライアとバイオンが戦闘に長けた、熟練した剣の使い手であるかもしれないということが頭に浮かばないほど、気持ちが昂っているのだろう。しかも、こちらが王朝関係者の護衛中で、守るべき対象に危害を加える奴は片っ端《かたぱし》から斬り捨てていく準備ができているとは、想像もつかないはずだ。

暴徒たちは単純に、そんな細かいことはどうでもいいのかもしれない。連中の目に映っているのは、人生の勝ち組三人。つまり、彼らにしてみれば、自分らに苦しみを与えている裕福な側の人間だ。バイオンとライアは王朝衛兵の制服を着用しておらず、王朝関係者の護衛としてふさわしい格好をしているだけだったものの、それでも十分ふたりを富裕層らしく見せていたのだろう。広場にやってきた男たちに目の敵にされてもおかしくない服装だったのだ。バイオンもとうとう剣を抜いた。次に何が起こるか、すでにわかっていた。「我々は王朝衛兵だ！」と、彼は叫んだ。しかし、こいつらは愚か者の集団だろうと、ぼんやり考えた。いとも簡単に殺されてしまうことに気づいている様子は、微塵も見られない。

「できればおまえたちと戦いたくはない！」

ライアも大声で訴えた。

バイオンは地面を踏み締め、背筋を伸ばして衝突の瞬間に備えた。自分が気にかけているのは、任務が脅かされないようにすることだけだ。社会の屑《くず》の烏合《うごう》の衆が生きようが死のうが、どうでもいい。最初の暴徒が迫ってきたとき、バイオンがさっとその男の脇を駆け抜けただけで、相手はチュニックを血で染めて崩れ落ち、敷石の上に倒れる前に絶命した。その光景は、残りの男たちの怒りに火をつけたらしい。戦闘は激しさを増し、近くにいた見物人がどんどん逃げていく。王朝衛兵のふたりは演台を背にし、少年の盾になりつつ死闘を繰り広げた。

敵の武器と刃を合わせながらふと周囲を見渡すと、驚いたことに、こちらと男たちの戦いを見逃すまいと好奇心旺盛で、逃げ出すどころか遠巻きにこちらを囲んでいるやじ馬たちもいた。すると、ライアが剣を片手で握り、空いた手でバイオンに撤退を試みるよう合図をしてきたのだ。ライアが逃げたいと願ったのは、ひとえに任務が失敗して自身の地位を危険に晒したくないからだろう。ライアは指を回して、人垣の向こうの開けた空間を指差した。

剣の柄で見物人を押しやって逃げ道を確保しつつ、ライアは肩越しに、ついてこいと目で命じた。バイオンは少年の手を摑み、一気に駆け出した。ところが、演説の聴衆たちも地主が雇った連中と同じで、金持ちにいい感情を持っていなかった。どうか何もしないで放っておいてくれという願いも虚しく、敵意を剝き出しにしてバイオンたちを突いたり、足を出して転ばせようとしたりしてきたのだ。

誰かが急に出した足につまずき、バイオンは地面に倒れた。咄嗟《とっさ》に少年を庇《かば》ったものの、不測の事態が起きてしまう。自分の腕の一部と化したかのようにしっかり握っていた武器が、手からこぼれ落ちてしまったのだ。剣はどこかに転がっていき、バイオンは丸腰になった事実に愕然《がくぜん》とした。

後を追ってきた男が群衆の間から飛び出してきた際、バイオンは慌てて少年に覆い被さって小さくなった。次の瞬間、大鎌《おおがま》の刃が頭上で空を斬ったのがわかってぞっとした。振り向いたバイオンが見たのは、男の腐った歯と首筋に浮き上がる腱《けん》、憎悪と殺意が浮かんだ目だ。敵の大鎌が再び迫ったとき、バイオンは、素手で刃を受け止める覚悟で片腕を上げた。

だが、相手の大鎌が獲物を仕留めることはなかった。立ち止まって振り返ったライアがこちらの状況を察し、持っていた剣を槍《やり》のように投げたのだ。それは男の胸に見事に突き刺さり、相手は膝から崩れて地面に突っ伏した。ライアは急いでこちらに戻り、屈んでバイオンの剣を拾い上げるや、飛びかかってきた別の襲撃者の腹を真一文字に裂いた。鮮血が滴る武器を手渡されたバイオンは立ち上がり、少年の手を引いて再びライアの後に続いた。どれほど走っただろうか。三人はとうとう広場から抜け出し、残った追っ手をうまく振り切ることができた。

ようやく王宮に戻ったときの感謝の念にあふれた少年の瞳を、バイオンは今でも覚えている。彼自身、ライアに命を救ってもらったことの礼を述べたが、胸の中にもやもやとした感情が渦巻いていた。なぜだ？　それは、ライアのことをよく知っているからだった。おそらく、ライアは素晴らしい兵士だ。だが、怠惰な面もあるし、いかんせん野心を持ち過ぎている。常に悪巧みを企て、もっと多くのもの、自分の地位以上のものを望んでばかりだ。バイオンにはわかっていた。きっといつか、おまえの命を助けてやったのだから、その借りを返せと言われる日がくるのだろう、と——。

ライアは帰途の旅路に就いてくれたが、バイオンは、せっかく織り上げた毛布の織り糸を解かなければならないような気分に陥っていた。ライアから離れ、ここまでやってきたのに、またあの指揮官の下で働かされるのか。それに奴は真実を全て明かしてはいないはずだ。今、自分にはやるべき仕事ができてしまった。あの男とこんなふうに再び関わることを望んではいなかった。

その一方で、義理を欠くような真似《まね》はしたくないとも考える。なんとも厄介な事態になったものだ。この暮らしはつましいものの、自分にとっては快適だと思っている。何ヶ月も、もしかしたら何年も家を空ける結果になるかもしれない。そんな状況を好ましいとは言えないし、もう二度と人を殺めたくはなかった。

なのに……。

期待して、うずうずしているのはなぜだ？　血の匂いはいとも簡単に思い出せる。鋭い刃がどんなふうに肉を切り裂くかも、鮮明に覚えていた。

バイオンは出発の準備をしながら、これからの行程を頭に思い描いた。まずはヘベノウに向かい、エムサフの足取りを摑まなければならない。ああ、楽しみだ。彼は、いつの間にか久しぶりの人殺しに胸を躍らせている自分に気がついた。

21

アヤは、イライラしながら大股で岩の前を行ったり来たりしていた。この二日間、自分たちが「我が家」と呼んでいる岩だ。

「信じられない。あの子に騙されっ放しだなんて！」

彼女は憤懣《ふんまん》やる方ないといったふうに不満を吐き出した。「あの小ネズミに、こんなふうに出し抜かれて平気なの？　あの子はジャウティにやってきたあなたを目にして、すぐに世間知らずのいいカモだって思ったのよ。あの子は結局、やめられない。つまり、その……私が言いたいのは……」

「君はわかってないな」

胡座《あぐら》をかいて座っていた僕は、目を細めてアヤを見た。「トゥータと僕はいろいろと一緒に切り抜けてきたんだ」

「戦友ってこと？」

アヤの顔に笑みは浮かんでいないが、その口ぶりは別に嫌な感じではない。彼女は僕の隣に腰を下ろし、こちらの肩に頭をもたれさせた。「泥棒にも信義がある。あなたはそう思ってるのよね」

果たして自分はどう考えているのだろう。トゥータは不安の種か否か。定かではない。

ここまでの僕たちの旅は楽なものではなかった。岩だらけの地域を四苦八苦して横切り、地面を覆う頁岩《けつがん》を踏んで歩いた際は馬の蹄が滑りに滑った。野営をし、食料を得るために狩りもしなければならなかった。ありがたいことに、父とケンサから教わり、シワでちょっとした探険をしながらアヤにも伝授した生き延びるための知識と技術が、この冒険では大いに役立っている。

それを今度は、トゥータに仕込んでいるところだ。そういう中で、僕たちは驚いたり、呆《あき》れたり、途方に暮れたりしながらも旅を続け、必要最低限の生活ができている事実を誇らしくも感じていた。ここは果物さえ実らない厳しい気候と土壌条件の土地。一日、また一日と生き長らえることは決して容易ではなく、僕らはもとより、トゥータの健康と安全を確保するのは、さらなる挑戦だった。

容赦なく照りつける太陽の下では、水分を全部失って干からびた塊になってしまいそうだったが、故郷から遠く離れ、安心感を与えてくれるものがないという不安が逆に、必ず生き抜いてみせるという決意を固くさせていた。

夜になり横になったものの、目が冴えてなかなか寝つけなかった僕は、この一連の行動――ケンサを見つけ出すこと――が正しいのかどうかと考えをめぐらせた。とは言え、僕たちが行動を起こしていることは素直に嬉しいと感じていた。たとえ目標が達成できず、志半ばにしてシワに帰らなければならなくなったとしても、以前の自分よりはずっと守護者にふさわしい人間となって帰郷できるはずだ。

僕はできるだけのことをやろうとした。その事実は残る。単にやるべきことを放り出したのではない。目指したものの前に立ちはだかる壁があまりにも大き過ぎて、乗り越えられなかっただけだ。

とにかく僕は成長した。万が一の場合は、そう考えることにしよう。

夜明け前の涼しいうちに僕たちは移動を始め、やがて朝陽が漏れ出した地平線上に、欠けた歯のような石柱が見えてきた。テーベの柱群――アメン大神殿の大列柱室。近づくと、神殿の形もはっきりと捉えられた。まるで砂漠の中から生えてきたような建造物だ。アメン大神殿は、カルナック神殿複合体の中で最大の神殿で、アメン、ムト、コンスというテーベ三柱神の最高神で大気の神であるアメンが祀られている。ちなみに、ムトはアメンの妻で、コンスが彼らの子供だ。

神殿の奥には、曲がりくねった川が流れていた。砂岩の建物の間を縫うように貫く川面は、陽光を受けてきらきらと輝いている。さらにその向こうの丘から先には、見渡す限り、テーベの墳墓集団《ネクロポリス》が横たわっていた。

僕たちは疲労が溜《た》まり、馬の背で丸くなっていたが、遠くに街の景色が見えた途端、背筋をまっすぐに伸ばした。ついに目的の地にやってきたのだ。シワにいた僕にとって、テーベはアレクサンドリアを同じくらい遠く、伝説の場所だった。かつてエジプトの首都だった誇り高き都市。しかし、度重なる反乱の末に衰退し、政治的影響力が大きく後退した後に再び復興することはなかった。神殿の左手には、今にも崩れ落ちそうな家々や建物が、ボロボロの毛布の端切れを縫い合わせたかのごとく広がっており、それらは、砂の大地に放られた賽子《さいころ》のようにも思えた。きっとこのまま朽ちて、次第に周囲の砂漠と化すのだろう。

天幕や洗濯物といった様々な色を持つ物が見え始めたのは、もっと街に近づいてからだった。だが遠目には、街全体が、単に今にも崩れ落ちてしまいそうな巨大な灰色の塊にしか見えない。雲を撫でそうなくらいに高くそびえる壮大な石柱群とて、劣化が激しく、いつ粉々に崩壊するかわからない危険を含んでいる。

思わず圧倒される光景だが、テーベの全てが傷んでおり、とにかく古かった。どんなに隆盛していた都市でも、放置されてしまえば歳月には勝てない。テーベはまさに、その象徴的存在だった。

街のごく手前で、僕たちはほど良い木陰を見つけた。ちょうど風よけになる岩もあったので、そこで野営することに決めた。

「ここで待ってて」と、トゥータは僕とアヤに告げた。

母と妹のキヤを探すため、ひとりで生まれ故郷に足を踏み入れたいとのことだ。食べ物と交換できるかもしれないからと、彼は馬二頭を連れていくと言う。アヤはその案になかなか首を縦に振らなかったが、僕とトゥータで説き伏せ、結局、馬たちと一緒に街の中に進んでいく彼の後ろ姿を見送った。

最初の日、街外れの木陰で、僕とアヤはシワの話をして過ごした。これまでの道中でも繰り返し、ふたりでシワの村を探検し、野営したときの思い出を語り、追体験してきたが、全く飽きることはなかった。二日目、会話は、トゥータが今どこで何をしているのか、という話題が中心になった。アヤの疑念は、どんどん膨らんでいるようだ。トゥータのことを知ったつもりでいたが、実際はどうだろう？　自分たちはあの子の何を知っているというのか。

子供の彼をひとりで行かせたことは、拙《まず》かったのかもしれない。とはいえ、トゥータは過去にテーベに住んでいたわけだし、ジャウティでも知恵を絞って路上暮らしをしていたたくましい子だ。そもそも、トゥータの家族を探すのに、彼以上の適役はいないし、使者を探してくれた要領で、ケンサもあっという間に見つけてくれるかもしれない。

前向きに考えれば、そうだ。

しかし、トゥータがテーベで暮らしていたのは、彼がまだ年端《としは》も行かぬ頃。ずいぶん幼かったはずだ。母親と妹は、すでに元の家から引っ越しているか、街から出ていっているだろう。もしかしたら、死んでいる可能性も否定できない。

ケンサは？　彼女の居場所は特定できていないのだから、街のどこにいてもおかしくない。第一、トゥータがケンサを見つけ出せる保証などどこにもないのだ。そして何よりも、トゥータは僕たちの馬を連れていった。そして、彼は泥棒だ。

僕はトゥータの命を救い、彼は僕を助けた。それでも、トゥータが泥棒だという事実に代わりはない。

こうして三日目、僕はアヤが心配していらいらし出すのを目の当たりにしていたというわけだ。彼女が心配する根拠など何もないと思う自分と、彼女の不安を共有している自分がいた。

そして、四日目。

トゥータは戻ってきた。

22

バイオンの剣の刃が最後に血塗られたのは、ずいぶんと前のことだ。

彼はアレクサンドリアを目指して川沿いを旅していた。自分に仕事を頼んだ本人と話す必要があったものの、話さなくて済めばいいのにと願い、アレクサンドリアというヘビの巣窟まがいの街に戻るくらいなら、他のどんな場所でもまだマシだと考えていた。政治なんか糞食《くそく》らえだ。

しかしながら、指揮官を不快にさせて、そのしかめ面が見られるとしたら、アレクサンドリアに戻る甲斐《かい》があるとしよう。あいつはこちらに、使者を通して連絡を取り合うようにし、自宅には訪れるなと明言していたのだった。

「ここで何をしている?」

きつい口調のライアの声が聞こえ、バイオンは振り返った。それは、かなり広い部屋だった。遠くに見える壁は瑞々《みずみず》しい緑の蔦《つた》で覆われている。テーブルには食べ物が並び、暖房用の金属製火鉢には赤々と火が燃えていた。ひとりの女性――おそらくライアの妻――がパンと果物を載せた銀の盛り皿を手にして佇み、椅子に腰掛けたふたりの少女は、足をぶらぶらさせながらこちらを見ている。自分が突然姿を現わしたことで、ライアの家族は不安を感じているに違いない。顔の傷痕やコール墨で黒く縁取られた目、道中の過酷さを物語る埃だらけの全身は、怪しい雰囲気を十分に醸し出しているはずだ。家長であるライアが咄嗟に家族に何も言えなかったのは、指揮官自身も動揺したからだろう。あるいは、敢えて無言でこちらをじっと睨みつけていたのか。

落ち着きを取り戻したのか、ライアは素直にバイオンを家に招き入れ、食卓に案内してパンを勧めた。お返しに、バイオンは指揮官にあるものを差し出した。エムサフから奪ったメジャイの紋章だ。袋を逆さにし、それを食卓の上に落とした。ライアは目をぎらつかせて摘まみ上げると、血痕が付着しているかどうか、裏側まで調べ始め、すぐにその表情を曇らせた。

「一枚だけ?」

そう言って、相手は紋章を手から滑り落とした。バイオンを睨みつける鋭い目が、戦利品がひとつだけでは不十分だと訴えている。

「今のところは」

「なのに、もうここに来たのか？」

ライアの眉間のしわが深くなる。「エムサフの家族を利用して必要な情報を得る予定だったはずだが？　バイオン、私はそのために君を送り込んだ。君にとっては朝飯前だと思ったんだがな」

「エムサフは、刺客が来ることを知っていました。誰かから通告を受けていた可能性が高いかと」

「いや、それ以前に、君の腕前が落ちたのだろう」

バイオンは苛立ちをぐっと抑え、表情を変えずにライアを見た。

「指揮官、奴らは危険です。これまで戦ってきた連中と同じに考えてはなりません。より条件のいい取引を望む年季奉公奴隷や、地主からの待遇改善のために演説して回る労働者とはわけが違うのですから」

人によっては、殺しは単純なことのように思えるのかもしれないが、標的を実際に手にかける前に、相手の居場所を探り出して追跡し、最適な頃合いまで待機するという作業が含まれる。しかもバイオンは、同様の過程を経た上で、十分に近づくための策略までを用い、エムサフを殺害したのだ。標的を確実に仕留める瞬間に持ち込むのにかかる労力と時間こそ、蔑ろにできない。エムサフの場合はうまくいった。それはバイオンが、殺人の技術だけでなく、然るべき手筈をきちんと整え、展開を先読みする能力にも長けていたからだ。エムサフが非力だったわけではない。反対に、彼は侮れない相手だった。

ライアは肩をすくめた。

「奴らは固い信念を持っている。君がこれまでに対峙したことがない類《たぐ》いの人間だ」

「ただ固い信念の持ち主というだけではなく、高度な訓練を受けた熟練した戦士でもあるかと。我々がここに持っているものを彼らは全て持ち合わせています」

そう言って、バイオンはこめかみを指で叩いた。もちろん、知識という意味だ。エムサフがこちらに仕掛けた罠を見破り、罠を仕掛け返したときのことを思い出す。あれは、まさしく頭脳戦だった。「そしておそらく、我々がここに抱いているものに関しては、彼らの方が優っている可能性が高いでしょう」と、手のひらで胸を軽く打った。メジャイたちが誇り高き集団だと言われている理由のひとつは、彼らが貫き通す信条だ。

ライアは一瞬きょとんとしたが、急に笑い出した。

「我が友よ、君は事を大袈裟《おおげさ》に考え過ぎだ」

そして、こちらの気も知らず、ふざけた調子で肩に拳をぶつけてきた。「君ならできる。心配するな」

「この任務は、ふたり、もしくは三人で行うのが賢明では？」

ライアは躊躇することなく首を横に振り、「絶対にあり得ない」と歯を見せた。

変更はなし。そういうことか。バイオンはその話題を二度と話すつもりはなかったし、向こうもきっと同じだ。彼はエムサフについての情報を心にしまい込んだ。いつの日か、役に立つときが来るかもしれない。

「しかし、万が一、奴らが結社にとって大きな脅威になるのであれば――」

単にライアの反応が見たいがために、バイオンはさらに食い下がろうとしたが、相手は彼の言葉をさえぎった。

「メジャイが結社にとって大きな脅威になる可能性はある。だが、君や私のような人間にとっては――」

そこまで話し、指揮官は指をくいと曲げて顔を寄せろと合図をしてきた。ここだけの話と匂わせつつ彼の理屈を押しつけるいつもの展開だとわかったが、バイオンは素直に従った。

「あいつらは、人間に与えられた古い流儀を象徴している。友よ、君は正しい。我々の敵を過小評価するという過ちを犯してはいけない。とはいえ、連中に過剰な尊敬の念を抱くのもいかがなものか。これは、君と私のふたりだけでやり遂げられる仕事だ。それに関しては微塵も疑いを持っていないよ」

ライアの目が至近距離からこちらを見据えている。

「いずれにせよ、君が単独で仕事をするのを好むということを、私はちゃんと覚えている。たとえ、君自身がそれを忘れていようとも、だ。さあ、バイオン。どうしたら、社会の害虫の生き残りを根絶させられる？」

バイオンは改めて間近にある相手の顔を見た。わかり切ったことではないか。

「我々の情報が漏れています。最後のメジャイを探し当てるには、まずは漏洩源《ろうえいげん》を突き止めないといけません」

「君は、そう確信してるのか？」

ライアのまなざしが鋭さを増した。この計画を知るのはふたりだけだということをバイオンに訴えてきたのは指揮官で、それは両者の間で周知の事実だった。もしも極秘で進めているこの作戦の情報が漏れているとしたならば、ライアの責任ということになる。バイオンが秘密を口外したりしないことは互いにわかっていた。

「指揮官は、セオティモスが翻訳を続けられない状態だとおっしゃいましたよね。では、代わりに誰が翻訳を？」

「巻き物の翻訳ができる人間だ。図書館で学ぶ若き歴史学者に頼んだ」

なんて愚かな。バイオンは片手を身体の脇に置き、短剣の柄頭《つかがしら》を指先でなぞった。

「では、私がその翻訳者と話をした方が良さそうですね」

彼らはしばし無言で視線を合わせた。それは、次なる行動の承諾を意味していた。

23

バイオンはその家に忍び込み、上階へと忍び足で進んでいった。屋上に出ると、満天の星の下、歴史学者のラシディと妻が藺草《いぐさ》の寝床で眠っていた。

寝息を立てるふたりを眺め、バイオンは選択肢を頭に浮かべた。ここは、何も奇をてらう必要はない。通常のやり方で十分うまくいくだろう。彼らは単なる一般市民だ。少し脅せば、こちらの命令に簡単に従ってくれるに違いない。

胸元に垂れてきた肩掛けを背中の方に払い上げ、バイオンは短剣を引き抜いてラシディの喉に当てた。それから相手の口を塞ぎ、身体を揺すって目覚めさせた。

少しして、彼らは階下の室内にいた。積み上げた座布団《クッション》の上に座れと命じると、ラシディは言われた通りに腰を下ろした。部屋の照明は不安定で、明るさが一定に保たれない。それは、突然の侵入者をより邪悪な表情に見せ、明るくなったり暗くなったりする部屋で揺れる影は、バイオンが何もしなくとも抜群の脅しの効果があった。

ラシディは恐怖で硬直し、何も考えられないような状態だった。何度も唾を飲み込もうとするしぐさから、喉もからからに渇いているのがわかる。相手はバイオンが握っている刃物をじっと見つめ、「何が望みだ？」と絞り出すように言った。

「メジャイについて知りたい」

「メジャイなんてものはいない」と、ラシディは答えた。「もういないんだ。何百年も存在すらしていない。メジャイがかつてしていた仕事は今、ギリシャ人の守護者《ビュラクス》が担っている」

「ほう、なかなか詳しいじゃないか。案の定、おまえはメジャイに関する知識が豊富らしい」

バイオンは冷静な口調で言った。「おまえの専門分野はメジャイ。古王国時代《オールド キングダム》と呼ばれる第三王朝から第六王朝までの時代の守護者であり、偵察者であり、戦士だった彼らが研究対象。そうなのか？　はい《イエス》かいいえ《ノー》で答えろ」

「……イエス」

「最近、文書に目を通したか？」

その問いを聞いたとき、ラシディの目が一瞬だけ見開き、彼はごくりと唾を飲み込んだ。室内がしんと静まり返り、蠟燭がちらちらと燃える微かな音すら耳に届くほどだった。

「――わ、私は職業柄、いつも文書を目にしている」

その答えを聞き、バイオンは相手に顔を近づけた。

「おまえは私が何を話しているかわかっているはずだ。最近、文書を目にしたか？　新しい何か、興味深い何かが書かれているやつだ。いいか、俺は昨晩、翻訳家と話した。彼は私にこう言ったんだ。難しい箇所があって、おまえに助言を求めたと。それは事実だな？」

「違う」と、ラシディは即座に否定した。

もちろん、こちらの発言は嘘だ。翻訳家は書かれている中身に関して、はっきりと理解していた。これは、ラシディを誘導するための戦略だった。

「メジャイは死に絶えたはずだった。何世紀も前に」

バイオンは相手から目を逸らさずに語り出した。「だが、絶滅はしていなかった。そうなんだろう？」

「今でも、メジャイを支持している人々がいる――」

バイオンは片手を上げ、ラシディを止めた。

「そういうことを話しているのではない。メジャイそのものについて話している。ついこの間、おまえが伝言を送った奴らについてだ」

ランディは目を剝き、どこにも行き場がないのに尻込みをしようとした。あたかも、より安全な場所へ姿を隠そうとしているふうに見える。猛烈な恐怖を感じているらしい。言葉で返答しなくとも、その態度が全てを物語っていた。

必要な情報を聞き出したバイオンは、ラシディを壁側に追い詰め、短剣をくるりと回した。刃を上向きにした直後、下から突き上げるように相手の左目を突き刺す。先端が眼球を貫通して脳まで達する手応《てごた》えを感じ、剣を引き抜くと、男の身体はゆっくりと床に滑り落ちた。バイオンはしばし死体を見下ろし、赤く染まった刃をラシディの髪で拭った。

それから汚水槽を確認したが、死体を捨てるには小さ過ぎた。家の後方には、料理をする際に使うと思われる壁に囲まれた中庭があり、背の高い瓶にオリーブ油が保存されている。バイオンは、ここを代わりに使おうと決めた。

さて、次はラシディの妻か。屋上に戻ると、彼女は何も知らずに熟睡していた。情報を提供する交換条件として、バイオンはラシディに妻の身の安全を約束した。もちろん、そんな口約束などなんの効力もない。せめて男が安心して死ねるよう、彼なりに配慮しただけだ。人は愚かにも簡単にこちらの言葉を信じることを、バイオンは知っていた。

彼が屈み込んだ途端、女は目を覚ました。相手が叫び声を上げるより先に、バイオンの手が口を塞ぎ、片目に刃先を深く押し込んだ。反対の目がかっと見開き、生き絶えるまで何度か瞬きをしていた。

バイオンは女の死体を屋根の外れまで運び、中庭へ落下させた。それから階段を降り、彼女とラシディを調理場まで引きずった後、二体にオリーブ油をまんべんなく振りかけた。油まみれの死体だけでなく、その周りの物にも火を放ち、十分に炎が上がるまで待つ。そして、全てが順調に焼けていくのを確認し、バイオンはその場を去って宿に戻ったのだった。

宿泊先の部屋に帰った彼は現状を考え、長居しない方がいいと判断した。荷物をきちんとまとめ、翌朝一番で出発できるようにした。

宿の部屋から屋上に上がって街を見渡した際、遠くの方で立ち昇る煙が見えた。火災が起きたと警告する声が方々で上がり、現場周辺が騒々しくなっていく様子も聞き取れる。しかしバイオンは、騒ぎの音も煙の匂いも気にならなかった。心身を休めるために少し眠ろう。次にどこへ行くべきかは、すでにわかっている。ひと仕事終えた殺し屋は、そっとまぶたを閉じた。

24

今思い出しても、ひとりよがりな自分に恥ずかしくなり、トゥータの気持ちを考えていなかったことに罪悪感を覚えてしまう。あの子が戻ってきて、誇らしげに「見つけたよ」と言ったとき、僕はてっきりケンサが見つかったのだと早合点《はやがてん》してしまった。

実際は違った。トゥータは僕らが泊まれる場所を見つけたのだ。それは、彼の母親と妹が住む場所。つまり、トゥータは離れ離れになっていた家族と再会したのだった。

市場を通り抜けていると、大きな都市らしい光景と物音に、再び圧倒されている自分がいた。頭上の太陽は、裕福なジャウティの街であろうが、戦の傷跡が一生消えないのではないかと思われるテーベであろうが、所構わず燦々《さんさん》と照りつけてくる。気のせいかもしれないが、テーベの民は、ジャウティの人々よりも汚れた格好をして活気がないように見えた。それゆえ、長旅で埃や砂にまみれ、疲労困憊《ひろうこんぱい》な僕たち三人が、テーベの風景に溶け込んでいるのは確かだった。

粗末な家々が連なる貧民窟《スラム》に足を踏み入れるなり、悪臭が鼻を突いた。近くの川から漂ってくるのだろうが、道という道に下水が垂れ流されているのかと思ってしまうほど強烈で、貧民窟の全てに臭いが染みついている感じだ。

「母さん、僕が話していたのは、この人たちだよ」

家に着いたトゥータは、母親にそう告げた。貧民窟の貧しい造りの家の外観からは想像できないほど、室内は清潔で美しく、愛情に満ちた温かい空気が流れている。大袈裟かもしれないが、家の中で太陽が輝いているように思えた。

トゥータの母親は大柄で、どことなく畏怖《いふ》の念を与える女性だったが、満面の笑みを浮かべており、大きな目がきらきらと輝いている。なるほど、トゥータのいたずら好きな目は、母親譲りだったのか。彼女の傍らには、小さな女の子が立っていた。五回目の夏を迎えたくらいの歳だろう。人見知りするからといって、母親の腰布《スカート》の中に隠れるには身体が大き過ぎる。恥ずかしそうに母親の背中に隠れているが、可愛い顔を覗かせてこちらを見ていた。父親が同居していたときには、そのつぶらな瞳でおぞましい行為の一部始終を目撃していたに違いない。好奇心たっぷりな今の表情に、不安や恐怖の色は見られなかった。

トゥータはふたりの隣に並んだ。幸せそうな三人を見ていると、彼らがジャウティの凶暴な酒乱男と同じ屋根の下で暮らし、暴力や罵声に怯える日々を送っていたとは信じられない。ごく普通の家族。一般的な家庭。しかしその後、注意深く観察してみて、彼らが暗い過去を心の奥底にしまい込み、悪運を幸運に変えようと努力しているのがわかった。

「シワのバヤクです。父の名はサブです」

トゥータが視線で促してきたので、僕は自己紹介をした。「それと、彼女はアレクサンドリアのアヤ。今はシワに住んでいます」

それを聞いたトゥータの母親は、名前はイミで、娘はキヤだと教えてくれた。

「息子を助けていただいたそうで、本当にありがとうございます。あなたは、この子をあの恐ろしい男から救い出してくれた。なんとお礼を言っていいか――」

イミは言葉を詰まらせ、心からの礼を述べている。僕はアヤに微笑みかけ、トゥータを助け出せたのは、決して自分ひとりの力ではなかったことを訴えようとした。アヤが、トゥータの父親――名前はパネブというらしい――と対峙した際の状況を話し出し、気絶させて放置してきたと説明すると、母親の視線はアヤに移り、穏やかに彼女を見つめた。どんな娘なのかとアヤを見極めようとしていたのかもしれないが、僕にはそういった気配は全く感じ取れなかった。

沈黙が続き、気まずさを打ち破ろうとして僕はこう言った。

「ジャウティの守護神であるウプウアウトが、僕たちを一緒になるよう導いてくれました。

今度は、テーベの神々が心優しく、僕たちが使命をやり遂げられるよう助けてくれることを願っています」

「あなたたちは、シワにいた昔馴染《むかしなじ》みを探しているそうね。同族の仲間たちとこの街で暮らしている部族の女性、なのよね？」

「そうです」

声を揃えて返事をした僕とアヤに対し、トゥータの母はこくりとうなずいた。

「わかりました。探し人が見つかるまで、ここにいていいわ。うちのトゥータが役に立つはずよ。息子の情報網は並大抵じゃないから。母親としては、ろくでもない輩とつながるのは心配なんだけれど」

彼女はおどけた様子で我が子を睨みつけ、当の本人は、照れくさそうに首をすぼめて「へへへ」と笑った。

「それと――」と、イミは言葉を続けた。「あなたたち、カルナック神殿にも足を伸ばした方がいいかもしれない。そこの巫女《みこ》は、きっと助けになると思うわ。とはいえ、彼女と話すことができれば、の話だけど」

僕が両眉を上げて驚きの表情になると、イミは深いため息をついた。どうやら、深刻な問題があるようだ。

「街の様子からすでに気づいているかもしれないけど、テーベは没落都市と言われてもおかしくない状態よ。私たちに対するギリシャ人の仕打ちはひどいもので、長年それに耐えてきた地元の人々の心には、怒りや妬《ねた》みが渦巻いているわ。街の中を抜けていくときは、このことを頭に入れておきなさい」

僕は力強く首肯し、彼女の忠告を肝に銘じることにした。

翌日、トゥータは、僕たちと別行動を取ると言いに来た。どんな伝手《つて》があるのかは知らないが、情報提供者たちから情報収集をするのが楽しみな様子だった。彼は出発前に、僕らに神殿の方角を示してくれた。

「カルナック神殿の巫女さんは、頭がすごく良くて、神秘的な存在なんだって。皆がそう噂してる。説得さえできれば、きっと兄貴たちを助けてくれると思う」

トゥータはそう告げ、にやっと笑って駆け出した。つまり、ここからは、僕とアヤのふたりでテーベの街を通り抜けなければならない。

僕たちもトゥータの母親の家を後にした。この荒廃した奇妙な街とそこに住む人々をじっくりと観察するべく、比較的のんびりと進んでいく。まずは、街全体のくたびれた外観に改めて衝撃を受けた。かつては鮮やかな彩りに満ちていたという痕跡が、石柱、装飾柱、壁のあちらこちらに見て取れる。長い時間が経過し、毎日強い陽射しに晒され、適切な手入れもされずに放置された結果が、現在のテーベの状態だ。彫刻や柱の土台をより華やかに見せていたはずの塗料はすっかり色褪《いろあ》せ、剝げ落ちている。かつて繁栄していた時代を思い、物悲しい気持ちになった。

人工物は朽ちても、自然だけは昔も今も変わらない。今、テーベで見られる美しい色合いは、木々の緑や時折きらめく川面の青くらいなものだ。とはいえ、居住区に住む民たちも、建物と同じくらいに汚れた襤褸《ぼろ》を着ていた。

「バエク、何か気づいた？」

並んで街路を進んでいたアヤが訊いてきた。

「気づいたって……例えばどんなこと？」

「イミの言っていたことは正しかった」

彼女は声をやや低めて話した。「ここにはぴりぴりした空気が流れてる」

「それって、ああいう状態のこと？」

僕は、建物にラテン語やギリシャ語で書かれたいたずら書きを顎で示した。誰かが下品な言葉で不満をぶちまけた落書きは、ただでさえみすぼらしい場所の品位をますます下げている。

「それだけじゃなくて……」

まるで香草の品質を確かめるかのように、アヤは指と指を擦り合わせた。彼女が落ち着かないときによくやるしぐさだ。「なんか感じるのよ。街全体が緊張状態にあるんだなってわかる」

そう言っているそばから、ふたりは、後ろにエジプト人の年季奉公奴隷たちを引きずるように連れているギリシャ人の横を通り過ぎた。複数のエジプト人護衛に守られた身分の高いギリシャ人も歩いている。テーベの住民の中には、そんなギリシャ人たちを嫌悪感丸出しで睨みつけている者たちもいた。もちろん、完全に無視している者もいたが、ギリシャ人が歓迎されている雰囲気は微塵もない。

しばらくして、僕らはようやくスフィンクス参道に到着した。両側に羊頭のスフィンクスがずらりと並ぶ道が、カルナック神殿に続いている。すっかり日焼けした石像の間を歩き、広大な敷地に圧倒されて足を止めた。そこは、神殿、礼拝堂、塔門《パイロン》、方尖塔《オベリスク》などの建造物で構成される神殿複合体だ。街の他の場所と同様、建物や中庭などはかなり老朽化が進んでいたものの、威厳を失っていない壮大な景色は目の保養になる。円柱群は、テーベの街中で見た石柱の二倍の高さがあり、太さは三倍ほど。刻まれている模様もずっと複雑で凝りに凝っていた。

石段を上って神殿の中に入った僕たちは、こちらを興味深げにちらちら見ていた神官と思《おぼ》しき人物に、巫女の居場所を訊ねた。彼は手で敷地のさらに奥を指し、聖室の中にいると教えてくれた。背の高い円柱群と崩れそうな大理石の彫像の間を抜けると、他の者たちより身なりのいい神官に出会った。

「できれば、巫女の方とお会いしたいんですが」と、アヤが丁寧な物言いで頼んでくれた。

特に熱い信仰心を示す必要もなく、僕はただ彼女の隣に立っていたが、神殿という厳かな場所にいるだけで、心が浄化される気がしていた。

その男性は、僕たちを上から下までじろじろと見ていたが、やがて鼻を突きつけてこちらを見下ろした。長旅の汚れは出発前に落としてきた。それでも相手は、僕らが巫女に会うのはふさわしくないと、首を横に降ったのだ。僕とアヤは肩を落とした。

ところが、そのとき——。

「待ちなさい」と、誰かの声がし、僕らは顔を上げた。そして、建物の奥の暗がりの方に視線を向けた。

25

艶やかな錦《シルク》。きらびやかな金糸。最初に目にしたふたつの素材が揺れ動く様があまりにも美しく、僕は言葉を失った。豪華で色鮮やかな装いのせいで、まるで彼女自身が光り輝いているのではないかと錯覚したほどだ。だが、彼女が近くに寄ると、絹の布地はほつれ、職杖《しょくじょう》の黄金の葉や頭の被り物の装飾がところどころ剝がれているのがわかった。彼女は、朽ちつつある神殿とテーベそのものを体現しているのだ。彼女はこの街に、一体どんな影響を与えているのだろう。身に着けている物はみすぼらしいにもかかわらず、なんとも言えない崇高な存在感があった。ゆっくりとこちらに目線を合わせたしぐさには威厳があり、神殿やテーベの外観を形容する「衰退」や「敗北」といった言葉を微塵も感じさせない。

「待ちなさい」という指示は、僕たちに向けただけではなく、彼女のお付きの者たちに対して向けたものだったらしい。

「我はニトクリス。〝アメンの神妻《かむづま》〟と呼ばれるテーベの高位の巫女であり、カルナック神殿の守り人だ。我に告げよ。そなたたちはなぜここに来た？」

神々《こうごう》しい物言いに緊張しながら、僕は頭を垂れた。

「僕は、シワのバエクと申します」

できるだけ礼儀正しくしようと、言葉を選びながら話す。「隣にいるのは私の連れで、アレクサンドリアのアヤです」

こちらに目を向けたアヤがうなずいたので、僕もうなずき返した。これ以降の巫女との会話を彼女に任せるという意味だ。アヤがアレクサンドリアの神殿にいたことを考えれば、明らかに、彼女の方が質問の返答者としては適役だった。

「私たちは、シワからテーベまでやってきました」

アヤはそう答え、一旦口を閉じた。ニトクリスが、あたかもその情報を知っていたかのように首肯したからだ。しかし巫女は、こちらの言葉を待っているのか、黙ったままだった。アヤはさらに続けた。「この地に来たのは、シワの守護者であるサブという男性を探すためです」

彼女は僕を一瞥した。「ここにいるのは、サブの息子のバエク。そして、私はアヤと申します。サブはテーベにはいないかもしれませんが、ケンサという名のヌビア人を見つけたいのです。友人である彼女は、同族の仲間たちとここにいる可能性があり、サブの居場所を知っているのではないか、と私たちは考えているんです」

「なるほど」

ニトクリスは短く返し、下役たちを下がらせてから、僕たちを壁際にある腰掛け台へと案内した。

「つまり、そなたは守護者の息子ということか……」

巫女はつぶやくように漏らした。こちらに問いかけているわけではなさそうだったが、僕は肯定するために首を縦に振った。

「ならば、そなたは将来、守護者になりたいと願っておるのか？」

今度は紛れもなく質問だったので、「はい」と、即答した。「後を継がせるべく、父は僕を訓練してくれています」

「そなたの父親から聞いているのは、そなたはいつかシワの守護者になるということだけか？」

それを訊き、僕は眉をひそめた。

「他にも何か知るべきことがあるのですか？」

「その通り」と、ニトクリスは微笑みを返してきたが、目は笑っていない。まなざしは真剣そのものだった。「知るべきことは、他にも山ほどある」

誰にでも、何にでも当てはまるような言い方だったが、彼女は特定の何かを指している、と僕は直感した。目の前の巫女には、上流の俗人にありがちな驕りも、自らを美化するような態度も、こちらを困惑させる曖昧《あいまい》さもない。

「そなたの友だというケンサだが、おそらくその者がそなたの求める答えを知っているだろう。もしそうだった場合は、ここに戻ってくるがよい。答えを知ったそなたと、さらに話がしたいのでな」

これで謁見は終わりなのか？　ニトクリスともっと過ごしたいと、僕は強く願っていた。類い稀《まれ》なる存在感を持つこの巫女は、どんな人物なのか。彼女から与えられる叡智《えいち》とは、いかなるものだろうかと、思わずにはいられなかった。そして、僕の胸の内を読んだかのように、彼女は強い視線を向けてきた。

「我はアメンの神妻だ」と、僕が訊ねてもいない質問に答えるかのごとく、ニトクリスはきっぱりと言い放った。「いつの日か、再び隆盛したテーベの姿を見たいと願っている。もう一度、強い影響力を持つ地にならんことを」

「それは、古いやり方――ファラオのやり方に固執するということですか？」

好奇心旺盛なアヤは興味を覚えたらしく、そう問いかけた。

「神と人々の善意が導くやり方に従うべきだ」と、ニトクリスは答えた。「貧しき者に耳を傾け、彼らを役立てることで世を支配してきたアムンのやり方に。神に仕えよと人間に強制するのではなく、彼らの手助けとなるアムンの方法に」

「ですが、今は新しい方法が広がっています」

アヤはさらに訴えた。いつもは政治的な事柄になると、哲学者よろしく論理的に突っ込んでくる彼女だったが、どうやら巫女に興味を持ち、もっと語り合いたいと思っているようだ。「アレクサンドリアから届いた話によれば、プトレマイオス十二世は、権力を保持するべく、エジプトをローマに売り渡す気だとか」

ニトクリスは声を立てて笑った。その笑い声は低く、自信に満ちていた。

「ほう。だが、エジプトは以前、侵略されたのではなかったかな？　ペルシア人、ヌビア人、ギリシャ人に。しかし、民を変えるのが我が国だ。我が民は耐え抜く。我らがアレクサンドリアを変えたように、我らはローマ人を変えるだろう。エジプトがその力を保ち続けるかどうかは、我々の手にかかっている」

確かに、エジプトはこれまでも異国、異民族に支配された過去を持つ。だが僕は、巫女のある言葉が気にかかった。

「我々の手に？　我々……ですか？」と、思わず訊いていた。

「ああ、そうだとも、守護者の息子よ」

片手を一瞬だけ僕の肩に置き、ニトクリスは諭すように語りかけた。「いつかそなたもわかる。守るべきなのは、シワの神殿だけではないと」

彼女は腰掛け台から立ち上がり、こうして僕たちの謁見は終了した。神殿を後にしつつ、僕はここに戻ってくることが楽しみでならなかった。そのときまでに数々の疑問が生まれているはずで、ニトクリスはそれらにきっと答えてくれることだろう。僕だけでなく、アヤも考え込んでいた。ふたりは会話もせず、それぞれの世界に浸っていたのだった。

一方、トゥータはケンサを探し続けていた。数週間が経過し、アヤと僕はテーベについてずっと詳しくなった。トゥータとともに過ごすことで、僕たちはたくさん話し、問答を繰り返し、枝を削って作った練習用の剣で剣術のトレーニングもした。こうして三人の絆《きずな》は、以前よりもずっと深くなっている。

夜になれば、トゥータの母親の家に戻り、暖房用の火を囲んで座った。暖かい晩は、外で牛乳や発泡飲料、葡萄酒《ぶどうしゅ》を飲んだりもする。トゥータの妹のキヤは、ずいぶんとアヤに懐いていた。母親は気にするどころか、娘がアヤの隣に座り、甘えて彼女の膝に頭を載せている姿を見て微笑んでいた。

トゥータ、キヤ、イミは、再び家族としてひとつ屋根の下で暮らし始めた。僕たちは部外者で、居候《いそうろう》の身だったにもかかわらず、常に優しい笑顔を向けられ、まるで王族であるかのように敬意を持って接してもらえた。僕はとても居心地が良かったし、アヤも同様に感じていたのは間違いない。

嬉しそうなトゥータや家族、それにアヤを見ていて、僕も幸せな気分になった。ケンサと父を見つけ出すだけでなく、巫女からもっと多くを学ぶという目標も加わった。ここでの慎ましい生活も、日々のささやかな幸福のひとときも気に入っていた。毎日、トゥータは捜索から帰ると、ケンサがまだ見つからないと報告した。

「でもね、兄貴。気を揉《も》んでるかもしれないけど、心配しなくていいよ。もし彼女がテーベにいるなら、そうじゃなくてもテーベにいたことがあるなら、おいらは探し出せるから」

トゥータは母と妹に、僕たちが出会った経緯を繰り返し説明していた。一体、何度話して聞かせたことか。ある夜、僕たちは葡萄酒の入った瓶を持ち、庭で談笑していた。貧民窟の喧騒《けんそう》——飲み食いの騒音、人々のおしゃべり——が静まったとき、僕らは、トゥータの母親がアヤを見つめる視線に気づいた。ここに着いた日から思っていたのだが、彼女は時折、意味ありげなまなざしを向けていたのだ。

キヤは、いつものようにアヤにべったりだった。親指をしゃぶりながら、膝枕で夢心地だったものの、奇妙な静寂に違和感を覚えたのか、急に身体を起こし、どこかおかしいと周囲をきょろきょろと見回し始めた。

すると、トゥータの母親が近づき、アヤに話しかけた。

「あなた、うちの旦那の頭を思いきり殴ったそうね」

睨みつけるような強い目線に、アヤは気まずそうに身体をずらした。

「ええ。思いがけず、命中して……。なんとかしなきゃと、必死だったから……」

「母ちゃん、おいらが話した通りだってば」

横からトゥータが助け舟を出したのだが、母親が人差し指を立てて唇に当てるしぐさをしたので、慌てて口を閉じた。

「トゥータ、あなたの話はちゃんと理解してる。私はただ、アヤ自身の言葉で聞きたいと思っただけ。あの日のことを彼女に教えてもらいたいのよ」

アヤはどう反応すればいいのかわからないのか、眉をひそめて僕の方を見た。

「アヤ、あなたはあの人を殺してたかもしれないのね」と、トゥータの母親は続けた。

ごくりと唾を飲み込んだアヤは、返事に戸惑っている。彼女は己の行動を後悔していないはずだが、それで誰かを悲しませたくもないと感じているに違いない。

「——私は、バエクを救うことしか考えていませんでした」

ようやく、アヤは落ち着いた口調で返した。「そして、バエクはトゥータを救おうとしていました。ああするしか他になかったことを、わかって下さい」

すると意外なことに、トゥータの母親はいきなり噴き出したのだ。膝に手を置き、身体を前後に揺らしてげらげらと笑い声を立てている。

「ごめん、ごめん。あの人を殺しておくべきだったのにっていう意味で言ったのよ」

その言葉に安堵したらしく、アヤは肩の力を抜き、にやりと笑った。

「翌朝、ひどい頭痛で大変だったと思いますよ」

アヤの笑顔は、どこか誇らしげでもあった。それも当然だ。彼女は僕の命を救い、結果的にトゥータをここに連れ戻して家族と再会させられたのだから。

「暴力沙汰には慣れっこになってる人だけど、あなたに思いきり殴られた後遺症で、うんとひどい頭痛に苦しめばいいわ。激しい痛みに懲りて、改心してくれればいいんだけど」

「母ちゃん、父ちゃんが心を入れ替えるなんてあり得ないよ」

トゥータは寂しそうに首を横に振った。

「そうね。あの人が真人間になろうとするとは思えないわ。性根が腐ったごろつきだもの」

「父ちゃんは、単なるごろつきなんかじゃない。もっとたちが悪いよ！」

拳を振り、大声で主張する我が子に、母親は目を細めた。

「だけど、あの人はここにはいない。だから、何も心配する必要はないわ」

トゥータも安心したように、笑顔でうなずいた。

僕たちの訓練は続いていた。そんなある日、トゥータは僕とアヤのもとにやってきて、いつもとは真逆のことを言った。

「おいら、見つけたよ」

彼はついにケンサを発見したのだ。

26

　ケンサが見つかったことで、僕は幼馴染みに久しぶりに再会するという現実に、突如として向き合わなければならなくなった。今の心境は？　自分自身にそう問いかけてみる。なんと表現したらいいのか、正直わからない。最後に会ったとき、彼女は、同族の者たちと彫刻が施された木製の支えと飾りの付いた天蓋のある幕屋《まくや》で暮らしていた。永住と仮住いの両方に調節可能な彼女の住居は、その地域で遊牧民として暮らすにはぴったりだったのだろう。あるとき、僕がケンサに会いに行くと、すでに彼らは荷造りをして旅立った後だった。もぬけの殻になった場所を前に、僕は突然友人を失った事実を悟って動揺した。とはいえ、ひどく驚いたわけではなかった。彼らは流浪の民。忠誠心や義務感などに縛られてはいないのだ。

　もちろん、ケンサに会えなくなって寂しかった。実際のところ、僕が知る生存術《サバイバル》のほとんど全ては、彼女から教わった。僕たちの関係は……奇妙なものでもなく、かといって普通でもなかった。遊牧民が小さな村の少年にサバイバルの知識を教える？　その一方で、友だちにもなった？　今振り返ってみると、ケンサは、父が僕の訓練を開始するずっと前に、いろいろなやり方で、僕を形作ってくれていたのだ。

「前にも言ったけど、ヌビア人って実は単なる噂じゃないのか、って思い始めたんだ」トゥータは僕たちを先導し、テーベの街の外れを流れる川の方へ向かっていった。「ヌビア人の集団に関する噂は、テーベでは、大勢が耳にしたことがあるみたいだった。でも、実際に彼らを見た人間はあまり聞かない。いつかはわからないけど、ヌビア人がここに住んでいたのは間違いないと思ってた。でも、今もいるかどうかは定かじゃなかったし、それが事実かどうかを知る人間は他にいなかったんだ。それって、捜索に時間がかかった言い訳にもなってたんだけどね」

「トゥータ、よくやったわ」と、アヤが満面の笑みを見せた。

「お褒めの言葉、ありがたく頂戴しておくよ」

アヤが滅多に褒めないことを知っていたトゥータは、嬉しそうに微笑み返した。

歩き続ける中、アヤと僕はヌビア人の住まいに到着するのを今か今かと期待していた。ところが、テーベの街境を越えても、まだ居住区にたどり着く気配はない。パピルスの草が生い茂る川岸を抜け、トゥータに案内されたのは渡船業者の浮き桟橋だった。その男性は、トゥータとは知り合いらしく、互いに顔を見合わせてうなずいている。

船頭が長い竿を使って船を操り、僕たちを川向こうへと連れていってくれた。向こう岸にあったのは、広大な墳墓集団《ネクロポリス》だ。大きな都市の近郊には、このように死者を埋葬する共同墓地が造られている。その敷地の広さを考えると、ギリシャ語で「死者の都」を意味する「ネクロポリス」と呼ばれているのも納得だ。そこは、亡骸《なきがら》や枯骨《ここつ》が横たわる地というだけでなく、亡者の魂が冥界《ドゥアト》に旅立つ場所でもある。

エジプト人の死生観では、日々沈んでは昇る太陽の動きは神格化され、太陽神ラーの成せる業《わざ》だとしている。すなわち、太陽は西の地平線に沈むたびに死に、地下に存在する死者の世界を通過し、その冥界に巣食う魔物などに打ち勝って再生した後に、東の地平線から空に昇ってくると考えられているのだ。死んだ者たちは、己の生命力《カー》と魂《バー》を太陽神ラーの船に乗せ、ナイル川を下って冥界を目指す。異形や幻獣が棲息《せいそく》する脅威や混沌の洞窟をやり過ごすことができた死者は、冥界神オシリスの国で下船し、死後の裁きを受けなければならない。太陽神ラーの娘であり、真理の女神でもあるマアトが頭に飾った羽根を故人の心臓と天秤《てんびん》にかけ、どちらが重いのかを見るのが審判の方法なのだが、罪に穢《けが》れぬ心臓のみが羽根と均衡を保てるという。ここで合格できなかった者の心臓はアメミットという怪物に喰われてしまい、そうなると、魂はもう転生することはできない。それは、永遠の破滅を意味することになるのだ――。

トゥータの顔は、心なしか引きつっている。ネクロポリスは僕やアヤにはもちろん未知の領域だが、彼にとっても慣れ親しんだ場所というのではないらしい。緊張しながら進んでいったところ、ある墓の前でトゥータは立ち止まった。そこには、地下へ続く入り口が見えた。

この場所がそうだ、とトゥータの目が物語っている。下唇を噛んで立ち尽くしたままの彼は、アヤか僕が勇猛果敢に地下に飛び込んでいくのを期待しているかのようだった。

にわかに信じられず、僕たちは同時に声を上げていた。

「えっ？」

「ここが？」

トゥータは、こくりとうなずいた。

「いや、待て。これって……あり得ないだろ」

「でも、ここなんだよ」

そう主張するトゥータに、アヤが「どうやって知ったの？」と訊ねた。

僕は周囲を見回した。トゥータが見つけたこの墓は、ネクロポリスにある他の墓と同様、乾いた大地を四角く切り取ったような石造りの入り口があるだけだった。広大な風景の中、人間の活動の痕跡が見られるとしたら、このきれいな直線を描く四角形しかない。

しかし、それだけではなかった。手招きするトゥータに従い、その墓所の裏手に歩いていったところ、地面に穴のようなものが開いているのがわかったのだ。しかも、その穴からは煙が立ち昇っているではないか。通気口か？　僕とアヤは顔を見合わせた。

「おいら、あそこに耳を近づけて、物音がしないかどうか確かめたんだ」

トゥータは小声で説明した。「彼らはこの中にいる。ひとりだけじゃなく、もっとたくさんいるはずだ」

事態を呑み込めていなかった僕は、「どういうことだ？」と、頭を抱えた。「墓地を住処にしてる？　さすがに、それはないだろう」

「さすがのおいらも、墓穴に住もうとは思わない。よっぽど、ひどい状態なんだろうな」

僕に同意し、トゥータも寂しそうな顔をした。

「ねえ、バカも休み休み言ってよ。トゥータ、そもそもこれは誰の墓所なの？」

アヤに問いただされたものの、トゥータは首を横に降った。

「全く見当がつかない」

それでも、まともな返事をしたいと思ったのか、彼は「おいらが思うに、それは……」と口ごもりながら続けたところ、アヤが「誰の墓でもない。そうでしょ？」と、きっぱり言い放った。「ヌビア人たちが、よその誰かの墓を自分たちの住居にする？　しないわよね？」

僕は、入り口の壁に何か印《しるし》でもないかと必死に探し始めたが、結局、何も見つからなかった。もやもやした気持ちは晴れるどころか、ますます心の中に暗雲が立ち込めていく。

「たとえそうだとしても、ここに彼らが住むって……」

そう言いかけたが、墓の周辺を見ていたアヤがにやりとしたので、僕は口を閉じた。彼女は僕よりずっと冷静に、辺りの様子を観察していたようだ。

「なんなの？　罰当たりな行為とでも言いたいわけ？　これってかなり理にかなってるわ。ここなら、きっと何人《なんぴと》たりとも探しになんか来ない。トゥータ以外はね」

アヤは捨て台詞を吐くように言い、僕ははっとした。もやもやした胸の曇りが、途端に晴れていく。そう、僕は、なるほど、そういうことだったのか、と納得したかったのだ。

トゥータはアヤから褒められたことがよほど嬉しかったのか、墓の入り口に戻る間もずっとにやにやしっ放しだった。

「で、これからどうするんだ？」と、僕は訊いた。ヌビア人は本当に中にいるのか？　もしかしたら父も？

「うーん、どうしようか……」

首をすくめるトゥータに、僕はこう返した。

「彼らは侵入者を歓迎しないだろうな」

「だとしても、私たち三人が足を踏み入れた途端に向こうが斬りかかってくるか、こないかは、入ってみなきゃわかんないでしょ」

アヤの強気の発言に、トゥータは不安そうな顔つきになった。というのも、相手が襲ってくる可能性があるとは思わなかったようだ。

「ちょっと待った。ヌビア人と兄貴って仲が良かったんだよね？　ちょっと前まで。そう話してくれたよね？」

友好関係を築いた人物と一緒ならヌビア人に襲われないだろう、と彼は安心し切っていたらしい。その〝ちょっと前まで〟が、夏を十回も数えるくらい前の話で、当時の人々と顔ぶれが違っている可能性があることを、僕とアヤは言い聞かせなければならなかった。

それに加え、無断で彼らの住まいに立ち入ったり、地下の隠れ家——向こうにしてみれば、明らかに見つけられたくないと思っている場所——に姿を現わしたりするのは、決していい考えとは言えない。つまり、地下に降りていくのは危険な行為だということだ。

トゥータは、危険を冒してまでも墓の中を確認する価値はあると理解していたし、てっきり地下に降りるのが前提だと思っていたので、それ以外の策を考えつくかとは訊ねてこなかった。そもそも、果たして、他に選択肢があるだろうか?

入り口の前に佇んで話し込んでいるうちに、僕たちが想定していなかった展開となった。地下から物音がし、僕らはぎょっとした。奥まった闇の中で、何かが光っている。ふたつの目。それに、鋭い槍の先。恐怖で凍りついた僕は、ごくりと唾を飲んだ。他のふたりも固まっている。

ぬっと姿を現わした女性が、こちらを見るなり槍先を下げ、声を上げた。

「バエク? 久しぶり!」

その声に僕は眉をひそめ、相手の顔を凝視した。こちらを見つめる女性には、明らかに見覚えがある。ケンサ? すっかり大人びた彼女と再会し、僕の顔は一気に火照《ほて》った。ゆっくりと片手を上げ、「や、やあ」と非常に間の抜けた挨拶を返しつつ、しまったと後悔した。僕は、ケンサから何度も注意されたある教訓をすっかり忘れていたのだ。壁に囲まれた場所でのひそひそ話は、増幅された声が壁を伝って奥まで届き、ちっとも内緒話にならないということを。

27

地下から上がってきたケンサは、僕たち全員と挨拶を交わした。僕が覚えている通りの彼女だった。三つ編みのおさげ髪。羽根飾り。頬に刻まれた部族伝統の紋様。身のこなしも、黒煙のような色の瞳も、いかなる議論の余地も与えぬと訴えてくる鋭い眼光も、全部昔と同じだ。

ただ、彼女は成長した。単に年齢を重ねただけでなく、いろいろな意味で大人になっている。まだほんの少女だったときの彼女は、骨片の首飾りを下げ、花や蔓《つる》といった〝戦利品〟を髪に編み込んでいたが、今はどうだ？

「ケンサ、元気そうだね」

そう言いながら、僕は彼女の首飾りと髪を観察した。首飾りはライオンの牙でできており、三つ編みにはカバの歯が編み込まれている。「背も高くなったし、いろんな腕前も上がったんだろうな」

ケンサはうなずいた。そのとき、何年も前にシワにいたときの彼女とは異なる雰囲気が漂っていることに気づいた。ふと見せた笑顔に翳りがあったのだ。まるで世の中を守る責任が彼女の双肩《そうけん》にかかっているかのように、頭の中は懸念か何かでいっぱいになっている感じだった。

とはいえ、満面の笑みとはいかないまでも、彼女は「あたしの友！　あたしの兄弟！」と感動を表わしてくれた。そして、僕も背丈が伸び、筋肉がついたと、いたずらっぽく指でこちらの腕を突いた。僕が身につけていた帯革にも興味を示し、感心した顔つきになっている。最後に会ったとき、僕は子供だった。あれから僕もずいぶん成長した。今の僕は戦士だ。

僕は、トゥータとアヤも紹介した。アヤとケンサは目を合わせ、しばし互いに見入っていた。ふたりの性格は正反対ではない。むしろ、様々な点でとてもよく似ている。物事の捉え方は全く違うけれど。

それぞれの紹介が済んだところで、僕はずっと知りたかったことを訊ねた。

「近頃、何か連絡があったりしたかい？」

ケンサは片眉を上げた。「誰から？」

「僕の父から」

その言葉に、彼女は目を丸くした。

「ないけど、どうして？　それよりも、どうしてバエクがここにいるのよ⁉」

再会の驚きと喜びが先立っていたが、彼女はようやく尋常ではない事態に気づいたらしかった。

もしかしたら父がここにもいるかもしれないという淡い期待は打ち砕かれ、ケンサが父の居場所を知っているという可能性もなくなり、僕は肩を落とした。それでも、落胆の波に呑み込まれてしまわぬよう、必死で己を自制した。

「父から何も言ってきてないのは、確かなのか？　ちゃんと思い返してみてくれ。彼はここにいないんだな？」

つい焦って、矢継ぎ早にしゃべってしまった。こちらの異様な執拗《しつよう》さに、彼女は首を振りながら戸惑いの表情を見せた。

「バエクのお父さんがここにいたら、あたしが知らないわけがない。あたしが来てくれと頼んだのなら、きっとここまで訪ねてきてくれるだろうけど、頼んでないもの。なんの知らせも受けてないし。ねえ、何が起きてるのか、教えて」

彼女は入り口の端に立ち、地下へ降りる階段を指差した。

「さあ、入ってよ。飲み物でもどう？」

「本当に、ここに住んでるのか?」

僕の問いにケンサはうなずき、片側の口角だけを上げた。自分でもしつこいのはわかっていたが、訊かずにはいられなかったのだ。彼女は、そんな僕の反応を楽しんでいるように見えた。

「だが、ここは墓だろう? 怖くないのか?」

今度は首を横に振り、片手で壁を触りながら階段を降り始めた。

「略奪に遭《あ》った墓なの。全て持っていかれた後だから、これ以上墓泥棒に攻められることもないし、空っぽ同然の墓にはもう誰も敬意を示さない。だから、怖くはないわ」

ケンサの説明を聞きながら、僕も地下へと進み始めた。夕陽を背中に浴びつつ、自分が何を期待しているのかわからなくなった。潜れば潜るほど闇は深くなり、胃がぎゅっと締めつけられる感じが強くなる。天井は低いが、身を屈めるほどでないのは助かった。頭上は天幕で覆われており、この様子がシワを思い出させたのか、僕は急に故郷が恋しくなった。地下は暖かかったものの、不快ではない。通路の突き当たりで燃えている火が、不思議にも、家庭的な雰囲気を地下墓地に与えていた。とはいえ、部屋の光源はその火だけではなかった。壁の両側には、複数の灯燭《とうしょく》が点っている。暖色の優しい光があふれた地下内では、墓にいることをつい忘れてしまいそうになる。

ほどなく僕は、ヌビア人の人数が以前よりかなり減っていることを察した。肩掛けを首に巻いた老齢の男性が、咳をしながら座っていた。こちらの足音に気づいて上げた日焼け顔には、民族特有の傷が深々と刻まれている。ケンサより少し年上だと思われる若者は、同じ年頃の女性の隣に腰を下ろしていた。どうやら、その女性は妊娠しているらしい。地下蔵の端には、年輩の女性がいて、何やら忙しそうにしている。

その他には？

「これだけなの」と、ケンサは僕の心を読んだかのように言った。咳をしている老人は彼女の祖父で、部族の長老だという。年輩の女性は母親で、青年はセティという名前の戦士。妊娠中の女性は彼の妻。それから、ネカという名の斥候《せっこう》もいるそうだが、彼女の部族は、たったそれだけに減ってしまったらしい。

僕は動揺を隠そうとしたけれど、きっとうまくいかなかったと思う。昔、ヌビア人の部族は、ケンサ以外は誰も知らなかった。彼女に会いに行ったときは、野営地の外れで、彼女が姿を見せるまで待っていた。たとえそうでも、当時は何十人ものヌビア人がいたことはわかっていた。野営地は、光と命と色があふれる場所だった。当時から今も残っているものといえば、頭上の張り出し屋根くらいなものだろうか。人や伝統や文化がじわじわと消えていくという奇妙な感覚は、ここで身を寄せて暮らしている者たちの上に覆い被さり、まるで疫病のごとく、彼らを侵食しているようだった。

「昔は、もっと大勢で暮らしていたよね。みんなはどこへ？」

周囲を見渡し、僕は率直に訊ねた。声の調子で、落胆したことがわかってしまうだろう。

「死んだ者もいれば、離れていった者もいる」と、ケンサは淡々と答えた。

「何が原因で？」

彼女は疲れたような面持《おもも》ちになり、遠くの方を見つめた。

「簡単に言えば、戦争ね。永遠に終わらないかと思ったほどの長い戦《いくさ》が続いたの」

そこでケンサは顔を上げ、「さあ、座って。まずは飲み物で喉を潤して、これまでの身の上話をしましょう」と提案した。「バエクがここで何をしているのか知りたいし、なぜサブのことを訊いたかも教えてもらうわよ」

火の周りに座り、発泡飲料を飲みながら、僕らは互いの話をした。最初は僕の番だった。まずは、ケンサと彼女の仲間がシワを離れたときから、故郷はほとんど何も変わっていないということを彼女に伝えた。

「バエクのお父さんは、あんたの訓練を始めていたのね？」

「ああ、訓練は始まっていた」

そう答えてから、次のように付け加えた。「だけど、進む速度はゆっくりだった。父さんは、訓練を始めたくなかったんだ。ことあるごとに、おまえはまだ準備ができていないって言ってたから。父さんの友人のラビアによれば、悪党集団のメンナに襲撃された夜以来、父さんは僕を鍛えることに疑念を持ち始めたらしい。自分と同じ道を歩ませるのを、不安がってたみたいなんだ」

僕は、父がシワを旅立ったこと、守護者が突然いなくなったことで街がざわついたこと、ラビアは父が出ていった理由について言葉を濁したことなどもケンサに聞かせた。父を探すために街を離れた僕の決心と、シワの守護者になるための道を追究したいと考えている事実も、もちろん明かした。

「つまり、いつかシワの守護者になるっていうのが、バエクの希望なのね？　今もそれは変わらない？」

ケンサはぶっきらぼうに問いかけた。

「ああ」と、即答したとき、僕は自分の中に強い信念を感じた。それは真実だ。僕の決断に迷いも疑いもない。「僕は変わった。昔とは違う。以前は、漠然と考えていただけだけど、今はきちんと確信してる。僕はシワの守護者になりたい。父の歩んだ人生と同じような生き方をしたいってね」

「それが自分の運命だと思ってる？」

ケンサの言葉が僕に対する質問なのか、それとも彼女自身に言い聞かせたものかは定かではなかったが、なんだか自分が試されている気がした。とはいえ、僕の気持ちが揺らぐことはない。

「僕は自分の道がわかってる」

迷いなく断言した僕に、ケンサは強い視線を向けた。「父さんの弟子として訓練を受け、シワの守護者として仕える。それが僕の望みだ」

そして、アヤと人生を進むことも。

「メジャイについては知ってるの？」

思いがけない質問に、僕は困惑してしまった。

「どうしてそんなことを訊くの？」

代わりに口を開いたのは、アヤだった。

ケンサはゆっくりとうなずき、依然として僕に目を向けているものの、アヤの存在も意識するかのように毅然《きぜん》とした態度でこう告げた。

「バエク、もしメジャイについて何も知らないのなら、進みたいと思っている道を何もわかってないことになるのよ。あんたが今信じてる全てを嘘だとは言わないけど、決して真実でもないってこと」

僕は苛立ちを覚えた。むしろ、怒りに近い感情だった。

「だったら、教えてくれよ。そのメジャイとやらを」

僕の言葉を受け、ケンサは語ってくれた。

そして、僕は理解した。

メジャイとは何かを。

28

「あんたの父さんは、メジャイなんだ」

開口一番にケンサが告げた言葉に、僕は面食らった。メジャイが何かをよく知らないとしても、ひどく困惑してしまい、「まさか」と口走っていた。

「言うまでもなく、バエク、あんたもだよ」と、ケンサはさらに追い打ちをかけてきた。

「でも、もう存在はしていないはず」

アヤがすかさず反応した。「メジャイはとうの昔に死に絶えたって聞いたわ」

少なくとも、アヤは何かしらの知識があったようだ。なぜか、彼女の反論は僕を元気づけた。メジャイがもはや存在しないという事実は、混乱した僕の頭を落ち着かせ、己を客観的に見られる気がした。

だが、ケンサはそれに同意はしなかった。

「絶滅はしていない。完全には」

「待ってくれ」と、僕は片手を少しだけ上げて相手を制止した。会話についていけずに置いてきぼりにされる前に、きちんと把握しておく必要がある。「正確には、メジャイってなんなんだ？　戦士か何かなのか？　それとも守護者か？」

僕の後者の単語に反応し、「まさしく、守護者よ」と、ケンサは首を縦に振った。「ひとつには、人々が墓に敬意を抱く理由は、彼らがいるからなの。いたから、と言うべきかもしれないけど。とにかく、メジャイはそういった物の守り人だった。守護者として、あんたの父さんはシワの神殿やシワの村全体を守ると誓っている。神殿や村を襲撃しようとする輩や、メジャイの信条に反する行動をとる奴らからね」

彼女は小さく息を吐き、さらに続けた。「だけど、あんたが理解しなきゃいけないのは、彼のメジャイとしての役割は、それよりももっと規模が大きいってこと。だから、サブは単なる番人《ガード》ではなくて、守護者《ガーディアン》の中の守護者なの。シワの守護者というだけではなく、生活様式そのものを守る役目をしている。すなわち、エジプトの守護者でもあるわけ」

それを聞いたアヤは、怪訝そうな顔をしている。

「生活様式ですって？　どんな？」

「あたしたちの敵が〝古いやり方〟だと考えがちな様式のことよ。メジャイを快く思ってない連中は、古いやり方があたかも悪いことで、古いこと自体が時代遅れだと決めつけてる」

暖房用火鉢の炎の影が、壁の上で揺らめいていた。ぼんやりと眺めていると、まるで黒づくめの誰かが身振り手振りで無言劇を演じているように思えてくる。だが、それがどんな物語なのかは知る由もない。僕はちらりとアヤに目を向けた。今は、彼女に自由に質問してもらい、自分は黙ったままでいようと決めていた。アヤとて、今回の一件には大きく関わっている。

「でも、そう思っている人たちが正しいかもしれないでしょ。古い様式は、本当に時代遅れかもしれないし」と、アヤは姿勢を正しながら答えた。彼女は別にケンサに喧嘩を売っているわけではないのだろうが、その物言いは結構ぶっきらぼうだ。

女性ふたりの議論の行方《ゆくえ》を、僕は少しどきどきしながら見守っていた。

とはいえ、ケンサの方は極めて冷静だった。アヤの反対意見を聞き、静かに首を横に振っている。

「新しかろうが、古かろうが、欠点のない仕組みなどないわ」

あらゆる点でケンサは優れているが、特に、人を知り、理解することに関しては、類い稀なる能力を持っていると僕は考えている。話を続けるその余裕の表情には、自信が満ちていた。

「古いやり方に近代化が必要なのは当然だわ。明らかに、再検討した方がいい考え方もある。でも……」と、ケンサは人差し指を上げた。「メジャイは何千年も存在していた。それも、ある信条のもとに存在していたの。我々人間は、単に己の富を増やし、名声を高める以上に、神々を崇拝し、力を合わせて物事に取り組むためにこの世にいる、とする信条よ。アヤ、あんたが何を考えているかはわかってる」

相手が聞き入っているのを確認し、ケンサはさらに付け加えた。「あんた、自分が悟りを開いた人間だと思ってるわね。おそらく、自分は全てを悟ったのだから、もはや神々を信仰することには意味がないと、見限っているんじゃない？」

「そんなことない！　神を見限ってなんかいないわ」

アヤは即座に言い返した。だが、ケンサの鋭い指摘はあながち的外れではない。僕だけでなく、アヤ自身もそう感じているはずだ。ゆえに、アヤの言葉は虚しく響いただけだった。トゥータですら、唖然としてアヤを横目で見ている。

しかしながら、ケンサは微笑んでいた。

「あれこれ質問するのは、いいことよ。なんでも鵜呑《うの》みにしたりしないで、まずは疑義の念を抱いてみることが、自分の知性と悟りの証だと思ってるでしょ？　あたしもすごく理解できる」

それを聞いた僕は両眉を上げ、彼女を見た。生存術の訓練中にしつこいほど質問して、何度も怒られたのを思い出したからだ。ケンサは目を丸くしてそんな僕を見つめ、これ見よがしに石ころを蹴飛ばしてきた。僕の足に当たった石は、火の中へと飛び跳ねた。

「バエクは黙ってて」

まだ何も言ってないのに、と少し不満に思いつつも、僕はなんだか懐かしい気分になった。同じ言葉を、幾度となく彼女から聞いたからだ。ケンサと過ごしたあのかけがえのない空間に、自分は戻ってきたのだと再確認し、自ずと笑顔がこぼれた。

「あたしも、あたしの仲間も物事に疑問を持つ。誰でもそう。変化は成長でもある。生き残るための唯一の方法だわ。でもね、だからと言って、全てを捨ててしまうという意味ではないはずよ」

ケンサはぼんやりと火を見やった。彼女の瞳の上でも、赤い炎が蠢いている。「儀式や伝統の中に見いだせる優雅さ。それがあたしたち一族を生かし続けているの。皆、それを心の拠《よ》りどころにしている。だけど、いかに伝統を守り続けるのが大事だといっても、伝統が人々の足枷《あしかせ》となったり、人間性を劣化させたりするような重荷になってしまうのだけは避けたい」

そこまで話し、彼女は顔を上げた。「大都市に留まったまま移住しないということは、すでに一種の停滞よ。そのせいで、身勝手で、簡単に金で買収され、堕落する人間が増えてしまう。街自体は、本来美しいものなのに」

唇を歪めてアヤに笑みを向けたケンサの瞳には、相手を賞賛するような光が浮かんでいた。「街は悪いものも育みやすい場所だわ。あっという間に、富が幅を利《き》かせ、強大な影響力を持つ行動がはびこる世界になり得る。ときには街全体が、自画自賛の場、虚栄心の塊と化してしまう」

「私たちを失望させてきたのは、神々ではないわ」と、アヤは声を抑え気味にして言い、ため息をついた。「――人間自身よ」

アヤからそんな考えを聞くのは初めてだったが、口ぶりからすると、昨日今日思いついたものではないだろう。ずっと前からそう感じていたように思えた。

ケンサがアヤを見つめる視線が優しくなり、今度は僕の方に注意を向けた。

「バエク、あんたの父さんがメジャイとして信じていたのは、まさしくそれなの。同じことを、あたしたちヌビア人も信じている。メジャイの習わしを信じている者は、大勢いるわ。あたしたちの斥候のネカは、エレファンティネ島に投獄されている男性について語ってくれた。その人は、メジャイに忠誠を誓っていると主張しているそうよ」

彼女の瞳はきらりと輝いた。「バエク、あたしたちは少数派で、新勢力に対抗するには、規模が小さいかもしれない。メジャイに心惹《ひ》かれる人々は導きを必要としている。それも、正統な血筋の正真正銘のメジャイに導かれることを求めてるの。彼らは牽引者《けんいんしゃ》を待っている。バエク、いつかあんたがそうなる可能性だってあるのよ」

巫女に言われた言葉を、僕は思い出していた。


いつかそなたもわかる。守るべきなのは、シワの神殿だけではないと——


そして突然、僕の内側は目的意識で満たされた。しかし——。

「でも、僕はまだ準備ができていない」

「準備ができたからって、最高の指導者になれるわけではないわ」

ケンサは頭を傾け、こちらの顔を覗き込んだ。「それに、あんたがちゃんと人々を導けるようになるまでに、まだまだ学ぶべきことがたくさんある」

そう言い終え、彼女は背筋を正した。ゆらゆらと動き続ける火明かりに照らされたその表情は、僕が己の歩む道を決め、それに従うのが正しい行動だと訴えていた。ケンサのまなざしが物語っていたのは、僕らが日々向き合う感情や人としての痛みや疼《うず》き、不満よりもずっと深い何か——もっと深遠な何か、はるか昔から続いてきた何かだ。膨大な知識が、彼女をそんな顔つきにさせていたのだろう。自分自身も、ほんの少しだが、それが何なのかを感じた気がした。不確かな感覚ではあるのだが、自分の前途を漠然と照らす心に灯《とも》った火のような何かを、僕は知りたいと思った。そう、僕はメジャイについてもっと理解を深めたい。もっと知識を増やしたい。そして、人々を助けたい。エジプトの全ての人々を。素晴らしいことじゃないか。己の身体が熱き思いと決意で満たされていく。僕は、自分の進む道を見つけた。もう揺らがない。強い確信が胸の中で渦巻いている。これからは、学び続けるだけだ。もっとふさわしい人間になるために。

「ケンサ、君もメジャイなのか？」

僕の質問に、彼女は首を横に振り、鼻で笑った。

「もちろん違うわ。あたしとあたしの一族は、メジャイとは異なる血筋。でも何年も前に、あたしたちの道義がメジャイのそれと同じ方向性だと気づいたの。あたしたちヌビア人の一族と、メジャイの信条も同じなの」

「つまり、僕の父さんは……」

「そう、同志よ」

「今ならわかるわ、私が何に直面していたのかが」

アヤが突然口を開いた。「こういうことよね？　バエクのお父さんにとって、私は新しいやり方を象徴する存在だった。メジャイを破壊したやり方と。私がバエクのそばにいることも、サブがバエクの訓練を終わらせなかった理由と何か関係が……？」

「いいえ」と、ケンサがアヤの言葉をさえぎった。「理由を理解するのに、ずいぶん時間がかかったけど」

彼女は僕に視線を移した。一瞬、何を考えているかわからないような表情だったが、すぐに肩をすぼめてこう言った。「メジャイでいるということは、あんたとか、あたしとか、そういう個人の問題以上のことなのよ。なんて説明すればいいかな……メジャイは、今日、明日、来週、来月という単位で考える以前に、十年後、五十年後に何が起こるかを問い続ける偉大な善人たち。メジャイ自体が生き方そのものなの。人として、どうあるべきか。社会が押しつける価値観を拒むのに、どう言葉で表現するか。世界と一体となり、世の人々と心をひとつにするには何をすればいいか。それらを教えてくれるのがメジャイ。必要とあれば、全てを諦め、あらゆるものを犠牲にする。メジャイはそういうことも示してくれるわ」

ケンサはそこまで一気にしゃべり、再び首をすくめた。「サブがあんたの訓練を進めなかった理由は、そこにある」

真剣に聞き入るアヤの横顔を見ていると、その強いまなざしから、彼女がメジャイについて理解し始めているのが伝わってきた。

ケンサの狩りの腕前は素晴らしく、僕は彼女に教わることができて幸運だったが、それだけではない。ケンサの他人を読解する力には、いつだって畏怖の念を抱いたものだった。僕は彼女にもっとわかるように説明してくれとは頼まなかった。僕のあまりの鈍さに、相手が苛つくのが容易に想像できるからだ。

「じゃあ、なぜ父さんは旅立った？」

僕の口から、素直な疑問が飛び出した。「どうしてシワを出ていったんだ？」

「それはわからない。ラビアがなんのためにあんたしのもとにあんたを送ったのかは理解できるけど、シワを守る仕事を放り出してまで、サブがあの村を離れた理由は謎のままだわ。その答えを得るには、彼を見つけ出すしかないわね。それと、彼を見つければ、あんたの訓練が再開される可能性がある」

「ケンサは、僕がメジャイになる運命だと思ってる？」

気持ちが急いていたせいか、少し声がかすれてしまったが、それほど僕は、その問いに対する彼女の意見が聞きたかった。答えがなんであれ、ケンサの言葉は貴重だ。彼女は僕にとって、単なる生存術の指導者という存在ではない。僕が熱心に何かを学んだ最初の師。そして、良き助言者でもあるのだ。

ケンサは声を立てて笑った。彼女を失笑させたのは僕の質問なのか？　おそらくそうなのだろう。予想外の反応に僕は少し戸惑ったものの、現実を受け入れるしかなかった。そして、彼女はこう続けた。

「あんたの父さんは、不安が残っていたとしても、メジャイのやり方であんたを特訓するでしょうね。でも、いい？　訓練は、戦闘や戦略や偵察について学ぶだけじゃない。あたしがシワであんたに教えたような、様々な技能を習得するだけでは終わらないのよ。メジャイになるということは、人生の新しい生き方を身につけ、考え方を変えることなの。パンを食べるか、それとも魚にするか、みたいに自分で選べるものではない。あんたそのものがメジャイになるんだから」

彼女はそう言って胸を叩いた。鈍い打楽器のような音が、地下蔵の中に響き渡る。「それができるのは、あんただけ。好む好まざるにかかわらず、どう転んでも、あんたはサブの息子。その点に関しては選択の余地はなく、あんたの人生にその事実は容赦なく付きまとう。じゃあ、メジャイであることはどうなのか。サブが信じているものが何であろうと、それはあんた自身にかかってる。あんたがメジャイになるのは、全部、あんた次第なの」

メジャイの血を引く父の息子の自分もメジャイとなる。それが僕の運命。だが、実際にメジャイとなり、メジャイとして生きていく姿には、人間としての僕の生き様が全て反映されることになる――。それが、ケンサが訴える最も重要な部分なのだろうと、僕の鈍い頭でも十分に理解できた。ただ、実際にどうすればいいのか。今の自分には、まだまだわからないことだらけだった。

29

自分がメジャイになる。そのための道を歩み出す事実を、僕はどう考えているのか。正直に言って、シワの守護者になることと大きな違いはなく、さらに一段階上に行くような感じに思える。皮肉にも、父が僕の訓練を終了させなかった正確な理由はそこにあった。父の疑念や不安も似たようなものだ。仮にシワの守り方を教えたとして、必要なメジャイの行動様式や精神を僕が習得するのに、さらにどれだけの時間がかかるだろうか？

一方で、もし僕がメジャイの道を拒んだとしたら、それは何を意味することになるのだろう？　僕の血に流れるメジャイについてケンサはいろいろと語ってくれたが、はっきりしているのは、彼らの理想がひと晩で形になるような奇跡は起こらないということだ。

信念は、自分の血筋で受け継がれるものではない。そして確固たる信念が、人の精神や信条には不可欠だ。それは自信を持ってわかっていると言える。このことに関しては、アヤも僕に同意してくれるに違いない。僕が現代の哲学者や詩に触れるようになったのは彼女のおかげだし、学ぶことは世の中にはたくさんあるのだ。

「それで、どうするつもり？」

ケンサに訊かれ、僕は肩をすくめた、

「これまで自分がしてきたことをするよ。父さんを探しながら、自分ができることをやっていく。学習に終わりはない。常に新しいことを学んでいくつもりだ」

そう言い終えた僕は、きっとこの発言を聞いたアヤは満足そうな笑顔を浮かべているだろうなと感じ、ちらりと横目で彼女の方を見た。案の定、それは正しかった。

「エレファンティネ島にいるっていうメジャイの男性だけど――」と、アヤが切り出した。

「彼は私たちの助けになってくれるかしら？」

アヤの問いに、ケンサは怪訝そうな表情になる。

「監獄にいるその男性が、正式なメジャイである可能性は低いわ。きっとメジャイのふりをしているだけね。歴史を正しく理解せずに、メジャイのような格好をして、メジャイの信条に忠誠を誓っていると言い張っているに過ぎない。そういう輩がごまんといるのよ。それに大体、どうやってその男性のところまでたどり着くっていうの？」

「ケンサの協力が必要だ」

僕の厚かましい頼みに驚きもせず、ケンサはうなずいた。

「バエクのお父さんがシワを離れたのは、てっきりあなたがここにいることと何か関係があると思ってたんだけど……」

ため息をついたアヤに、ケンサも申し訳なさそうに肩を落とした。

「がっかりさせて悪かったわ」

「だけど、君がここにいるのは、父さんが原因なんだろう?」

僕はさらに探りを入れようとした。「君たちの一族が墓荒らしのメンナを追跡しようと決めたのは事実なんだから」

首肯したケンサに、僕はさらに畳みかけた。「それで、メンナはどうなった? 死んだのか? それとも近くにいるのか? いるとしたらどこなんだ?」

「メンナは近くにいる」と、ケンサは認めた。「奴は今の拠点にかれこれ六年も居座ってる。でも、そろそろ動き出す頃ね。斥候のネカが、動きを見張っているところよ」

「奴を見失っちゃダメだ」

すかさず僕は訴えた。おそらく少し語調がきつかったかもしれない。言ってしまってからはっとして、顔をしかめた。僕ごときが、こんな高飛車な物言いでケンサに命令する権利などないというのに。

彼女は顔を引きつらせた。そして、こちらが後悔しているのを読み取り、当然だというような顔つきになった。

「そんなことを提案してくるようじゃ、あんたをひっぱたくべきね。なんで父さんは自分に剣の使い方を教えてくれなかったんだろうと考えながら、あんたが灼熱の太陽の下を歩き続けている間、あたしはここで、メンナの手下の手にかかって家族や仲間が死ぬのを目の当たりにしてた。バエク、あたしたち一族は、長い戦いの末にここまで数を減らしてしまったの。あたしは奴を逃すつもりなんか毛頭ない。あんたがあたしのやり方にまで口出ししようっていう気なら……」

「ごめん」

僕は素直に謝った。心から悪いと思っていた。メンナに襲撃されたあの晩、窓から忍び込んできた歪んだ片目の男の顔も、そのときに感じた猛烈な恐怖も、僕は鮮明に覚えている。奴らは僕の人生に長く暗い影を落としているが、ケンサにとってメンナたちとの戦いの記憶は、もっと最近のもので、ずっと生々しいようだ。

「じゃあ、彼は実在しているんだ」

「メンナのこと?」

「うん。つまり、メンナは思想とかグループそのものじゃないんだ。夜、なかなか寝ない子に、寝ないとあいつが来るよって怖がらせる空想とか言い伝えの何かじゃないってことだね？」

「全く違うわ。あいつはそういう類いのものじゃない」

ケンサは断言した。それから彼女は黙り込み、枝の先で火を突ついた。火の粉が跳ねるたびに小さく瞬きをし、何かを熟考しているかのようだった。

「あんたは、ついにここで自分の道を見つけたってわけね」と、沈黙を破ったケンサは、次にトゥータに言葉を向けた。「ねえ、小僧。おまえは馬と荷馬車を見つけられるかい？」

トゥータはしっかりと首を縦に振った。

二日後、僕たちは馬と荷馬車を手に入れた。

30

エレファンティネ島に出発する前、アヤと僕はもう一度ニトクリスに謁見しに行くことにした。カルナック神殿に移動した僕らは、神殿内の聖所まで護衛や作業者たちに案内してもらった。そこで巫女は、僕たちが来ることを見越していたかのように待ち構えており、前と同じ場所に座るよう勧めてくれた。

「それで――」

ニトクリスは穏やかな笑みを浮かべ、僕からアヤ、そして再び僕へと視線を移して語りかけた。「そなたたちは戻ってきたわけだ」

「あなたは以前、知るべきことは他にもたくさんあるとおっしゃいましたが……」

アムンの神妻の存在感は、相変わらず圧倒的だった。こちらの言葉を全て先読みしているかのような視線に、僕の声はどんどん小さくなる。だが、なんとか笑みを作って先を続けた。「今なら、その意味がわかります。僕たちはメジャイについて知りました。さらに、僕の歩む道は、シワの守護者よりずっと大きなものと関わっていることも気づきました」

「そなたは、その道を受け入れるのだな？」

巫女に問われて僕はうなずき、「もっと早く知っていればよかったと思っています」と、答えた。陽の光がさえぎられている聖所内は、とても快適な空間だった。通路内を風が吹き抜け、熱を持った肌を冷やしてくれる。すると、己の内側に秘めた怒り、不満、不安からすっと解放された気になるのだ。爽快さに包まれ、僕は今語るべき話題に集中することができた。

「メジャイへの道へ踏み出すということだが、その責任は決して小さくない」

ニトクリスの厳かな声が室内に響く。「メジャイという存在は、単なる護衛でも保護者でもない。メジャイが古代の価値体系《イデオロギー》を支えていると知らされることになるだろうが、そなたの務めは、それすらも超える。メジャイとしての仕事は、古き物事を守るだけではなく、民に均衡と公平と平静をもたらすことでもあるのだ。メジャイであるからには、アムンを信仰するのはもちろん、正義、真実、秩序、調和といった古代の概念を言葉にした〝マアト〟の生きる権化《ごんげ》となるのだ」

巫女の言葉の重さを思い知り、僕は息を呑んだ。それから気持ちを落ち着けようと、息を吐くことに集中し、ゆっくりと呼吸を元に戻していく。ついにわかった。巫女が語ったメジャイの端的な表現は、僕の鈍い頭にもしっかり響いた。僕がこれから目指す姿がそれなのだ。

「はるか昔のエジプト人は、ひとりひとりがマアトの考え方を自分たちの生活に当てはめ、従っていた。しかし、近代化が急速に進むと同時に、非常に多くのものが失われた。マアトの概念に沿う物事も、同様の運命をたどった。バエク、サブの息子よ、マアトの考え方は我々を良き方向に導く。ゆえに、メジャイとしてのそなたは、これらの概念を維持し、皆に広めていくことを任されるだけではない。そなた自信が概念そのものになるのだ。わかったか？」

僕はうなずいた。マアトという言葉が指す、正義、真実、秩序、調和を体現できる人間にならねばならない。それこそが、僕が突き進む道。巫女は、僕が吸収し、結論にたどり着く情報を教えてくれた。それを僕は熱望し、それから全人生を築き上げていくのだ。善良であれ。罪なき者を守れ。堕落者を排除せよ。日々の行いに重きを置け。だが、未来を見据えることも怠るなかれ――。

「そなたがしっかりと足を踏み締めていくことはわかっている」

ニトクリスの口調には、確信が感じられた。その瞬間、僕はケンサを思い出した。彼女はいつだって、何が相手の真の原動力になるのかを言い当てる。その能力が尋常ではないということも改めて思い知らされた。

巫女は頭の角度を若干変え、静かに立ち上がった。謁見はこれにておしまいだ。

「マアトの象徴《シンボル》をそなたは知っているか？」

最後にニトクリスに訊ねられ、僕は首を横に振った。

「――ダチョウの羽根だ」

彼女がその場を立ち去ると、僕は小袋から旅の道中に集めてきた物を引き出し、手のひらに視線を落とした。そこには、何本もの白い羽根が載っていた。

何日もかかる長い旅が始まった。僕たちを先導しているのは、もちろんケンサだ。セティという青年戦士も同行している。斥候のネカは、まだ戻ってきていなかった。大地を横切ってテーベを出るのだが、僕たち五人は、荷馬車に詰め込んだたくさんの荷物の間に無理やり割り込まなければならなかった。側《はた》から見れば、奇妙な光景だったに違いない。

さらに、遠回りをする必要もあった。ケンサとセティによれば、西側から街境に近づくのはあまりに危険だということだったので、まずはやや西よりにある低い山を目指し、その麓《ふもと》をぐるりと回って東の街境を目指した。山の裾野で荷馬車を離れ、見晴らしの利く場所まで徒歩で丘を登っていく。東側の輝く海をも望める高台からは、山の中央にある巨大な谷間の際《きわ》まで眺めることができた。

僕たちは円陣を組んでしゃがみ、黙ったまま今後の指示を待った。ケンサから、山の上ではくれぐれも静かにするよう注意を受けていたし、頂上に着くなり、彼女は唇に指を当てて声を出すなと合図をしてきた。特にトゥータは、旅の間、かなり興奮してはしゃいでいたので、ケンサにとっては要注意人物だったらしく、彼をものすごい形相で睨みつけている。そのせいか、さすがのトゥータも山に上がってからは無言を貫いていた。

彼女は僕たちに腹這いになれと命じた。そこで崖の端でうつ伏せに横たわり、眼下の雄大な景色をまじまじと見た。切り立った山肌はまっすぐに深くえぐられ、谷と盆地を形成している。四方を山壁に隠された谷底には、東から一本道が延びていた。その経路を進めば、建物群へたどり着く。造りのひどい小屋ばかりだったものの、建物には変わりない。それなりの役目は果たしているだろう。

全員が頂きで寝そべる中、ケンサがこちらに顔を向けた。僕は彼女とアヤに挟まれている。

「メンナの隠《かく》れ家《が》だけど――」と、彼女は声を低めて話しかけた。だが、決して囁き声にはしない。ひそひそ話は予想以上に遠くまで響き、こちらの存在がばれてしまう可能性があるからだ。「奴らがこの地に身を潜めて、かれこれ五回の夏を数えるわ。長いこと隠れているけど、向こうは全く油断も隙も見せない。今のところはね。ほら、見て」

ケンサは指を指し、僕らの注意を崖の下に向けた。はるか下方に突き出た岩棚があった。そこには、弓を背中に掛けた番兵がおり、張り出した部分の端から端まで歩き回って見張りをしている。僕らが見ていると、番兵は立ち止まり、さらに下にある隠れ家を見下ろした。そして、口の両脇を手で囲い、何やら奇妙な大声を上げた。それは鷹《たか》の鳴き声にも似ていたが、間違いなく人間の声だとわかる叫びだった。

するとすぐに、その返事なのか、同じような鷹の鳴き声を思わせる叫び声が下から聞こえてきた。

「番兵は丘の反対側にある入口通路近くの番兵とああやって掛け声を交わすの。夜間は、互いに眠ってしまわないようにするためで、昼間は、人員が交代したときの合図らしいわ」

ケンサはそう説明し、さらに建物群を指で示した。「小さな建物は、物置か何かでしょうね」

相変わらず低い声だったので、アヤと僕は懸命に聞き耳を立てていた。セティは僕たちから少し離れ、他の経路を探っている。

「物置の隣に、やや大きめの建物があるでしょ。あそこはメンナの手下が寝泊まりする場所。手下の数は十人。そのうち番兵はふたり。ひとりは東側に立ち、もうひとりがあたしたちの真下にいるってわけ。そして、三番目の建物はメンナの個人的な営舎で、絶対的信頼を置く補佐役と共有している。その補佐役の名はマキシタというみたい。手下のほとんどの顔はわからないんだけど、マキシタは、あの晩、確かにそこにいた。おそらくバエクも見たことがあるかも。奴の片目は歪んでいるのよ」

歪んだ片目！

何者かの大きな手で胃をぎゅっと摑まれたような感じがし、僕は一瞬固まった。過去の記憶が強烈な心像《イメージ》を伴って脳裏に蘇ったのだ。連中の襲撃を受けた夜、僕の部屋に忍び込んできた男と同一人物なのか？　きっとそうだ。

ケンサから崖の端から離れるようにと命じられ、僕たちは再び円陣を組み、低い声で話し合った。

「それで、メンナは？」

僕は即座に問いただした。「奴は噂通りの人間？　ケンサは近くで見たことがあるの？」

しゃがんだまま、ケンサは声を殺して笑った。

「尖らせた人間の歯がどうのこうのって話を信じてるなんて言わないでよ」

僕は慌てて首を横に振ったものの、頬がかっと赤くなるのを感じていた。きっと嘘は見抜かれているだろう。アヤの顔を見るまでもなく、彼女がにやにやしているのがわかった。するとアヤの指が僕の脇腹を突いてきたので、僕は彼女に照れ臭そうな笑みを返した。

たわいもない瞬間だったが、アヤと僕との間に温かな空気が流れた。

「ごめん、ごめん。子供の頃から信じてきた伝説をぶち壊したなら、謝るわ」

ケンサはまだおかしそうに大きな笑顔を見せている。「でも、メンナは普通の歯をしてる。牙みたいな尖った歯ではないにしろ、十分強いはずよ。とはいえ、その影響力は徐々に弱まっているらしいわ。十回分の夏を遡ったくらいの昔は、自由に操れる部下が今の三倍はいた。言うまでもなく、国中に支持者もいた。でも、今年の夏はこれまでとは違う。あたしたちが奴の息の根を止める。すぐにでもね」

一瞬息を止めたケンサは、ゆっくりと息を吐き出した。自ら課した使命の重みが、彼女にのしかかっているのだ。どれだけ長いこと、その重荷に耐えてきたのか。しかし、彼女の決意は固く、揺るぎない。忍耐強く、実行の瞬間を待ち続けてきた。双肩の荷が降りるのは、もうすぐだろう。

「シワでは、メンナはアムン神殿を襲撃した過去の記憶が今も語り継がれているのだろうけど、実際のところ、ここにいる奴の戦力はすっかり消耗されてしまっている。あたしたちの一族との戦いの結果、そうなったの。ここまで来るには、大きな犠牲を払ったわ。それでも、メンナはまだ生きている。あたしたちも人数を減らしたけど、向こうが被《こうむ》った損害の方が小さかったからよ。それでも、こっちは奴にずっと目を光らせ、襲撃を仕掛ける絶好の機会をうかがっている。ネカが入手した情報によれば、メンナと手下たちはもうすぐここを去るらしいわ」

突然、ケンサが口を閉じ、顔を強張らせた。下から物音が聞こえてきたのだ。聞き耳を立てる彼女が緊張しているのが、こちらにも伝わってきた。それは、二輪戦闘用馬車《チャリオット》が到着した音だった。続いて、誰かがもがいて暴れ、叫ぶ声も耳に届いた。あたかも、僕らが聞いているのがわかっていて、わざと大袈裟な音を立てているかにも思える。次の瞬間、ケンサは崖の端まですばやく移動し、隠れ家の様子を確認した。その動きは人とは思えないくらい俊敏で、残りの僕たちはずいぶん遅れてケンサのもとにたどり着いた。

下を覗き見ると、ふたりの男がヌビア人と思われる誰かを馬車から引きずり下ろし、三つの建物のうち一番小さな物置小屋に連れていくところだった。その人物は頭《こうべ》を垂れていて、顔は見えなかったし、そうでなくとも距離が相当離れていて、はっきりとした人相を捉えることができない。

だがケンサは、その人物の声で誰かを悟ったようだ。

「ネカ！」

彼女はかすれ声を上げた。「まさか、ネカが連中に捕らえられるなんて」

ケンサは太ももに当てた拳を固く握り締め、必死で冷静になろうとしているように見えた。傍目にも、彼女が怒りと苛立ちで震えているのがわかる。「あいつら、ネカを拷問したんだわ」

ちょうどそのとき、セティが戻ってきた。彼は他の経路をたどり、メンナの番兵を観察してきたのだ。ケンサは慌てて彼に駆け寄り、彼女のその様子から何か良くないことが起こったのをセティは察したらしい。すぐに「ケンサ、何があった?」と質問してきた。「一体どうした?」

彼女は悪い知らせを曖昧な物言いでごまかしたりせず、単刀直入に事実を打ち明けた。「奴らがネカを隠れ家の建物に連れていったの。すでに拷問を受けた後だった。おそらく、建物の中で、もっと拷問する気だわ」

それを聞いたセティは激しく動揺し、まるでネカを助けに崖から飛び降りるのではないかと思えるほどの勢いで、崖っぷちまで駆け寄った。

「行こう。ネカを救助しに」

「まだ早いわ」

ケンサはきっぱりと返した。彼女はセティよりも年下だ。そもそも、僕たち三人の中で、ケンサより年下なのはトゥータしかいない。そんなケンサだったが、彼女の言葉には威厳があり、セティを黙らせる力があった。

それから彼女は、僕らに注意を向けた。

「いい？　これから山を下りるわ。そこで今後の動きを相談しましょう。向こうにこちらの存在が気づかれる前に、迅速に次の行動に移さないと」

次に、彼女はセティに顔を向けた。

「焦りは禁物よ。下手に行動すれば、あたしたち全員が殺《や》られてしまう」

セティは渋っていたが、結局はケンサに同意した。僕たち五人は来た道を引き返し、下山することにした。

31

山の麓で、アヤ、僕、トゥータの三人は、ヌビア人ふたりと向き合う形で立っていた。

「俺が敵地に潜り込む」

セティが唸るように訴えた。山を降りる間は極力話をしないようにしていたため、裾野に降り立つや否や、堰《せき》を切ったようにそれぞれの意見が口からあふれ出た。誰もこのまま引き下がるつもりはなかった。

「ネカは俺の兄弟だ。同族というだけでなく、実際に血縁の兄弟でもある。火のそばで言った言葉を覚えてるか？　血のつながりに関しては選択の余地はない。決して否定できない絆なんだ。頼むから、今はそれを否定しないでくれ」

ケンサは、そっとセティの腕に触れた。彼女の手が震えている。それは、セティの身体が憤怒で震えているからだった。

「計画も立てずに敵地に乗り込むのは、むざむざ殺されに行くようなもの。番兵のひとりは入り口通路の近くにいて、もうひとりはあたしたちの頭上にいる。隠れ家には、さらに手下がいるわ。セティ、あんたはあたしが知る最高の弓の使い手。だから、奴らの何人かは矢で射抜けるかもしれないけど、あんたはひとりきり。数では絶対的に劣っている。あんたが死んだら、生まれてくるあんたの子供は父なし子となり、ネカも結局死ぬことになるわ。その結果、どうなると思う？　あたしたち部族はますます戦力が減り、一番の目的だったメンナ打倒を果たせなくなる。メンナが再び立ち上がってしまうのよ」

セティはすばやくケンサから離れた。

「じゃあ、どうしろと？　ネカを見捨てるのか？　それともテーベに戻り、ケンサの病気の爺《じい》さんや俺の妊娠中の妻を加勢させるのか？　俺はひとりきりじゃない。あんたがいるだろ？　ここにいるあんたの友だちはどうだ？」

ケンサは持っていた槍を地面に突き刺し、こちらをじろじろと見た。あたかも僕たちとは初対面で、戦力として使えそうかどうか値踏みしているかのようだった。僕は、自分たちも役立てることを印象づけたくて訴えようと口を開いたが、先に返事をしたのはアヤだった。

「私たちも参戦するわ。戦えることを証明させて」

ところが、ケンサは首を横に振り、こちらに指を突きつけた。

「メジャイはほとんど残っていないのよ。あんたは、唯一の生き残りかもしれないっていうのに、その貴重なひとりを死なせるような危険をあたしが冒したいとでも思ってるの？そんなのお断りよ」

「ケンサ、あなたはバエクがメジャイになる助けをする責任があるわ。これは、その実戦的訓練になるんじゃない？」

アヤは一歩も退《ひ》かなかった。彼女がそこまで言うとは予想していなかったので驚いたが、同時に胸が熱くなった。メジャイがマアトの概念の権化だということを、アヤが信じているとは思わなかったのだ。いつか彼女にメジャイの本質を理解してもらえればいい、と感じていたくらいだったのだから。

「これは自殺行為に等しいの。あたしたち五人のうち、実戦の経験があるのはふたりだけだし……」

相手の返事に、「だから、何？」と、アヤは眉をひそめた。

ケンサはため息をつき、アヤをじっと見据えた。

「わかった。あんた、これまで人を殺した経験は？　バエクはどうなの？」

アヤは首を横に振り、深く息を吐いた。アヤは、この議論を諦めるつもりはない。それが僕にはわかっていた。彼女は落ち着き払った態度で、次のように問いかけた。

「メジャイになるってそういうことなの？　人を殺すのが全て？　それがメジャイに必要な条件だってこと？」

彼女の言葉は的を射ていた。怒りに任せた発言でもない。実に率直な質問だった。

「違うわ」と、ケンサは即答した。彼女はアヤの言葉にちゃんと耳を傾けていた。つまり、ふたりとも感情論に走らず、とても冷静だった。「だけど、殺しが必要になった場合、メジャイはひるむことなく、迷いもなく、手早くやり遂げなければならない。精神と知識と技能がひとつになったとき、メジャイの真の強さが発揮される。メジャイが敵を一撃で倒せる理由はそこにあるの。バエク、あんたはそれができる？」

ケンサはこちらに歩み寄り、僕の胸に手を置いて言った。「それができると心から思ってる？　メジャイはここの中に全てを秘めてるのよ」

僕は、片目が歪んだ男――マキシタのことを思い返した。今は、あいつの名前がわかった。メンナや父さんのこと、メジャイになることにも思いを馳せた。トゥータの父親はどうなったのか。あの男はどんなふうに長い間家族を恐怖のどん底に陥れていたのか。少し前、僕が見たトゥータと母親と妹の三人家族は、暴力とは無縁の安全な生活を送り、本当に幸せそうだった。

様々な思いが去来し、僕は背筋を伸ばした。ほんの少しだけ。僕にはケンサに問われたことの答えがわかっていた。案の定、ケンサはやっぱり人の心を読む天才で、僕が話し出す前に悟ったような顔つきになっていた。僕に向ける彼女の視線は、理解と安堵が綯《な》い交《ま》ぜになった感じだった。セティはセティで、激しい感情を押し殺して震えつつ、ケンサが再び語り出す前に口を挟んだ。

「ケンサ、奴らが何をしようとしているか、おまえはわかってるんだろ？　ネカをどうするかを」

「ええ」と、彼女は落ち着き払ってうなずいた。「だけど、あたしたちの兄弟は口を割らない。ネカはあたしたちの居場所を明かす前に死ぬはず」

「死ぬだと⁉」

セティは声を荒らげた。「そんなこと絶対に俺が許さない。おまえもそうすべきだ」

ケンサは槍の柄を握り、額を柄の先で休めた。部族の羽根が、椰子の葉のように垂れている。彼女が沈思している間、手首の腕輪《ブレスレット》から下がる革紐が風に吹かれて揺れた。突然、ケンサは体を起こし、荷馬車へと大股で歩いていった。そして驚いたことに、僕の弓を取り出したのだ。えっ、まさか？　僕は何かを言わねばと思ったが、何も言葉が思い浮かばなかった。すると彼女は、それをセティに投げた。

「それ見てみて」

ケンサはきっぱりと言った。「特に弦の張り具合を」

ヌビア人が僕の弓を調べ始めると、僕は頬が赤くなるのを感じた。

「悪くはない」

セティがそう言ったものの、彼はさして感心した様子もなく、すぐにケンサに弓を返した。「弦は、もうちょっときつめに張った方がいい。それくらいだ」

それから彼は、急に表情を引き締めた。「我が同志よ。そもそも、この者たちを信頼しているのか？」

ケンサはこくりとうなずいた。

「だから、あんたも彼らを信用して行動して」

山の内側からそれが聞こえたのは、ケンサが何かを言おうとした矢先だった。

僕たちは途端に黙り込み、ああだこうだと展開していた議論も唐突に終わった。

聞こえてきたのは、悲鳴だった。

32

僕たちは、夜の帳《とばり》が降りるのを待った。満月が美しい晩だった。ケンサとセティは少しの間姿を消していたが、戻ってきたふたりを見て、僕は思わず顔を引きつらせた。彼らは石灰の粉で顔を白塗りにしていたのだ。

「我々の神々を讃えるためよ」

彼女はそう説明したが、「敵を不安にさせるためでもあるけど」と付け加え、白い歯を見せた。

僕たちは分かれて行動することにした。その段取りはこうだ。セティは西側の山頂に戻り、岩棚の番兵を黙らせる。残りの者たちは山裾に沿って東に進み、もう一方の番兵を無力化。その後、メンナの手下たちが十分に飲み食いをするまでじっと待ち、酔いが回った連中を一網打尽にするのだ。

僕たちは、山肌を這うようにして隠れ家へ続く道の手前まで進んだ。目的地が近づくとケンサが先導し、一列縦隊を成すよう指示をした。風景に溶け込みつつ、岩壁に沿って静かに移動を続け、隠れ家の入り口に迫っていく。瞬きをするケンサを見て、彼女が頭の中で数を数えているのがわかった。

番兵まで十五メートルという距離まで近づいた。相手は背中に弓を背負い、突き出した岩に寄りかかっている。こちらに顔を向けてはいない。さっきまでは鷹の鳴き声を彷彿とさせる例の合図が聞こえていたが、最後に聞いてからしばらく時間が空いている。もしかしたらどちらの番兵も居眠りしているのかもしれない。

だが、それは期待外れだった。

聞こえたのだ、あの合図が。天から真っ逆さまに落ちてきたように、果てしなく広がる砂漠の闇に響いている。僕は番兵を見た。まだ岩にもたれかかって目をつぶっている。音は続いていた。きっと番兵が起きて反応するまで鳴りやまないだろう。

僕はケンサを見た。彼女はまだ数を数えているのか、目を細めて何かに集中していたが、突然目を見開き、ごくりと唾を飲み込んだ。ケンサは、この鷹の鳴き声に似た合図を待っていたのかもしれない。(準備はいいか)。彼女はこちらを見つめ、そう確認するかのようにうなずいた。(覚悟を決めろ)。(そこから動くな)。無言の命令だった。

そして槍を持ち上げるなり、ケンサは一気に駆け出した。硬い地面に当たるつま先がわずかに乾いた音を立てるだけで、まるで闇夜をすり抜ける幽霊のように移動していく。走りながら槍を持つ手を後方に引き、彼女は投じる瞬間に備えていた。

番兵には、ケンサの足音など聞こえていなかったに違いない。起きていても感知できないほど小さな音だったからだ。それでも、虫の知らせか本能的に何かの気配を察したのかは知らないが、相手は突然はっとして立ち上がり、振り返った。月明かりの下、番兵はいきなり迫ってきたケンサを捉えたのか、あんぐりと口を開けた。もう一方の番兵に警告しようと叫ぶつもりだったのかもしれないし、彼女を威嚇しようとしたのかもしれない。今となっては知る由もないが、いずれの場合だったとしても、何の役にも立たなかった。

あっという間に、ケンサが放った槍が番兵の首を射抜いたからだ。夜の谷間に響いたのは、そいつがごぼごぼと喉を鳴らすだけの、声なき断末魔の絶叫に過ぎなかった。ケンサは仕留めた標的に近寄り、膝をついた。こちらの位置からは、彼女の後ろ姿が番兵に重なってよく見えなかったのだが、短剣の刃が月光を受けてきらりと光るのがわかった。その直後、ごぼごぼという不快な音は止まった。

僕たち全員は、ほんの少しの間、口を閉じて聞き耳を立てていた。反対側の岩棚で、セティも同じように向こうの番兵を処理したのだろうかと気になったのだ。僕もアヤもトゥータも、鷹のようなあの合図が聞こえてきたらどうしようとひどく心配だったが、結果的に、それは二度と聞こえてこなかった。満足そうな表情のケンサは、番兵の弓と矢をアヤに手渡した。受け取ったアヤは、ケンサと視線を合わせてしっかりとうなずいた。彼女たちは言葉を交わさなくとも、次にどう行動すべきかを互いに理解している。

月が明るい晩ゆえ、開けた通路に出た途端、自分たちの影が長く伸びるのがわかった。姿が剝き出しにされ、急に無防備になった気がする。迅速かつ慎重に、僕たちは移動をした。昼間に山の頂から確認した建物群は、もう目前。中では、メンナの手下たちが寝入っているはずだ。連中を起こさないように、十分に音を殺してそばまで行かねばならない。右手にある馬小屋には、戦闘用馬車が複数台置かれていた。何頭もの馬がつながれているのも見える。ケンサが吹いた微かな口笛を合図に、トゥータとアヤは弧を描くような壁際を小走りで進み、馬舎へ向かった。

ケンサは僕の腕に触れ、「バエク、あんたがここにいて頼もしいよ」と、彼女は僕に耳打ちした。だが、その言葉は僕を困惑させた。彼女が僕を不安視していたことを思い出したからだ。

「それ、本気で言ってる?」

「もちろん、本気よ」

僕たちが山頂の方を見上げると、セティが例の番兵の場所に立っていた。どうやら、その場を制圧したらしい。片手に弓、もう一方の手に矢を握り締め、仁王立ちになっている彼の姿は雄々しく、こちらにも自信が湧き上がってきた。ケンサが僕を見据えたまっすぐな視線にも、確かな自信が感じられる。僕たちは意を決し、いよいよ盆地の中心に建つ建物群に歩を進め始めた。

今や周囲には、僕たちを隠す物は何もない。晒し者にされた気分で、いつ攻撃されてもおかしくない状況の中、ふたりで道を横切り、物置に向かった。右側に目をやると、トゥータとアヤは課せられた仕事に取り掛かるところだった。馬を戦闘用馬車につなぐのだ。僕たちには、それがどうしても必要だった。拷問を受けて傷ついたネカを連れていくには、乗り物が要《い》る。さらに、今回の計画は、メンナとその部下たちがテーベに戻る手段を奪うというものでもあった。

ついに物置までやってきた僕たちは立ち止まり、視線を交わして気持ちを引き締めた。互いに「行くぞ！」という雄叫《おたけ》びがどちらからか上がるのを半ば期待していた。しかし、ケンサも僕も声を発することはなく、呼吸を落ち着けて物置の扉を調べ始めた。頑丈な木材で作られた扉は、しなやかな蔓の輪を木製の杭《くい》に掛けて施錠されている。僕たちはそれをできるだけ静かに、そして速やかに外そうとした。わずかな隙間に刃物を差し込み、ゆっくりと蔓を緩めていく。根気よく刃を上下に動かし続けていると、ついに蔓が杭から離れ、扉は解錠された。

ドアを開ける際、木と木が擦れて耳障りな音を立てたので、僕たちは思わず顔をしかめた。しんと静まり返った空間で、しかも音を極力立てないように細心の注意を払っていた僕たちにとっては、まるで雷鳴のようだった。

それでも、とうとう出入り口を確保できた。一歩踏み込んで視界に飛び込んできたのは、室内まで射し込む月の光に照らされたネカの姿だった。このとき僕たちは、今宵初めて月夜の晩であることを感謝した。

拷問の痕跡は顕著だった。激しい殴打で全体に顔が腫れている。目の周りには黒い痣ができ、頬や額は擦り傷だらけだ。普段であれば、ネカはきっと兄のセティによく似ているのだろうが、今は端整な顔立ちは見る影もない。彼の胸に視線を落とすと、無残な切り傷がいくつもできていた。ネカがどれだけ苦しめられ、同時に彼がいかに忍耐強かったかを物語る傷痕だ。

これだけ打ちのめされていても、ネカは辛うじて開けられる方の目でこちらを認め、唇を歪めて懸命に笑みを浮かべようとしている。それを見た僕たちは、心から安堵した。手足を縛られていたにもかかわらず、彼はなんとか自力で上体を起こした。

「セティは？」

ネカは兄の名前を口にした。

「西側の岩棚から、あたしたちを援護してくれることになってる」と答えたケンサはひざまずき、短剣をたったひと振りしただけで、彼の手と足の両方を拘束していた縄を切った。

ネカは両手首をさすった後、腫れ上がった目に触れて顔をしかめた。

「ここ……痛む？」

ケンサはためらいがちに、ネカの胸の傷に指を伸ばしていく。だが彼は、胸の前でその手を摑んだ。

ネカは「ああ」と肯定し、彼女の手を握ったままこう続けた。「あいつらに手ひどくやられちまったが、これはほんの序の口だとさ。本当のお楽しみは明日始まる、と言っていた」

それから彼は僕に気づき、「こいつは誰だ？」と怪訝そうにケンサに訊ねた。

「この子はシワのバエク。サブの息子よ」

そう言った彼女は、ネカに手を貸して立ち上がらせた。「バエクと彼の仲間があたしたちを手伝ってくれてる。さあ、早く。ここから逃げるわよ」

「ちょっと待った。夜はまだ長い」

ネカの目が怪しく光った。「ここを出るには、土産《みやげ》が必要だ。おまえが持ってる槍先にメンナの首を刺して持ち帰らないとな」

「賛成できないわ」

ケンサは迷うことなく首を横に振った。

「こっちは、数で圧倒的に負けてる。しかも、あんたは満身創痍《まんしんそうい》。今回の目的は、あんたをここから無事に救い出すこと。ただそれだけなの」

「俺の兄弟が、それで満足すると思ってるのか？」

「あんたは、セティならどう言うと思ってるの？」

ケンサは唇を固く結んだ。僕たち全員が、もしセティがここにいたらなんと言うかを知っていた。

「俺たちは、奴を倒す機会を長いことうかがってきた。昨日、今日の話じゃない。もう何年もだ」

「あたしたちには、もっといい機会が必要……だわ」

ケンサの声は次第に小さくなっていく。ネカの言葉に心が揺れているのは、僕から見ても明らかだった。残してきた同族者に危険が降りかかる可能性は捨て切れないものの、真剣に今夜決行するかどうかを考慮し始めているらしい。

「なあ、ケンサ。メンナを永遠にこの世から葬り去るチャンスは、今、俺たちの手の中にある。俺たちに味方する仲間もいて、戦力も強化されてるじゃないか」

そう力強く言い、ネカは顎でこちらを示した。「それに、俺たちはすでに敵の陣地にいる。番兵もとっくに始末した。そうだろ？」

「ええ」

「だったら、敵はあと数人だ。兵舎に手下が八人。メンナと奴の右腕は別の建物。山腹の岩棚から援護も望め、ここには戦士が集結しているし、完全な奇襲攻撃を行える。あとは実行するのみだ。ケンサ、決着をつけよう」

彼女は顎を上げた。もっと説得材料が要るとの意志表示のようだった。

「あんた、自分がこんな目に遭ったからってメンナを殺したいって言うの？」

ケンサの指先は、いつの間にかネカの胸の切創を撫でていた。

彼は眉間にしわを寄せた。

「そうだとも。何が悪い？」

しばしネカを睨みつけるように見つめていた彼女だったが、やがて息を吐いて首を振った。

「条件がある。メンナを殺すのはあたし。そうじゃなかったら、あんたの考えは却下。どう？　あとはあんたが決めて」

それを聞いたネカは、腫れた顔を歪めて血で染まった前歯を見せた。今の彼が見せられる精一杯の笑みだった。そして小さくうなずき、ケンサに同意した。

「全く、面倒な女だな。だが、条件を呑もう。こっちに弓を渡してくれ。さあ、行こう」

言われるまま、彼女は相手に弓を手渡し、僕らはネカに続いて物置を出た。なぜか、さっきまでよりも、地面をしっかり踏み締めている気がする。

外に出ると、月はますます明るく輝いていた。

33

計画通りだったなら、難なく勝利すると思われていた。しかし、想定外の些細な出来事が、全ての歯車を狂わせてしまうとは。原因は、尿意を催した敵のひとりだ。どれだけ綿密な戦略をケンサが企てていようが、いかに巧妙にネカが作戦を実行しようが、酒の飲み過ぎで破裂寸前の膀胱《ぼうこう》までは予測できてはいなかったのだ――。

とにかく、物置を出た僕とケンサは、ネカに従って谷間のある地点まで戻った。そこでは、通りの向こうの馬小屋でしゃがんでいるトゥータとアヤの姿を確認することができた。

ふたりはこちらに手を振っていた。ちょっと待て。手を振っている……だと？　実際に彼らの動作を見極めるのに、少し時間がかかった。暗闇に慣れた目でも、自分が見ている光景をにわかに信じられなかったのだ。僕は目を細め、彼らがなぜそんなことをしているのかを見極めようとした。

よく見ると、手を振っているだけではなく、アヤたちはある方向を指差してもいる。そっちを見ろ、ということらしい。

僕は目線を、彼らが指示する方向に移動させた。そちらには、敵のアジトの別の建物がいくつか建っており、ふたつ並ぶ小屋の大きい方では、メンナの部下のひとりが壁にもたれながら、移動していくのが見えた。その様子から、どうやら用を足しに行くらしい。岩棚の上では、セティがすでに矢を引いており、いつでも攻撃できる体勢をとっている。しかし今、そいつは建物の脇へと回り込み、セティの矢が当たらない場所で用を足そうとしていた。さらに悪いことに、その男が脇に回れば、トゥータとアヤを発見する可能性が高く、さらに視線を伸ばした場合には、僕とケンサとネカを見つけることになる。

くそっ！

思わぬ事態に直面し、ケンサは僕たちに物置小屋に急いで戻るよう顎で指示を出した。静まり返った広い谷間に、男の放尿の音が響き渡る。

こんなときに、小便しやがって。僕は苛立ちで腸《はらわた》が煮えくり返る思いだった。おそらく連中とて、用を足す際には隠れ家から離れた場所に行く決めごとくらいあるはずが、酔いと疲れと眠気で、そんな面倒なことはしていられなかったのだろう。

ところが、蒸気が立ち昇る中、男は動きを止めた。急に相手が顔を上げたので、僕たちは慌てて身を低くした。

すぐに敵兵は、再び放尿を始めた。

と思ったら、また途中でやめた。朦朧としているせいか、チュニックの裾がうまくまくり上げられないらしい。足元をふらつかせつつ、もう一度服をたくし上げている。

周囲に何も身を隠す物がない場所で、僕たちはそいつの視線がいつこちらに向けられるかと冷や冷やしながら、物置小屋の陰に身を潜めていた。トゥータとアヤも、息を殺してじっとしている。僕には、セティの様子をうかがう余裕などなかった。

どうやら、男の膀胱はようやく空になったらしい。

その場にいる僕ら全員が石化したように固まり、そいつがどうかそのまま寝所に戻るようにと祈っていたが、現実はそううまくはいかなかった。

男は突然耳を上向きにし、何かに聞き入っていたのだが、次に、両手を口の横に置き、鷹の鳴き声に似た合図を発したのだ。酔っていたせいか、鷹の声に似た合図を真似たできそこないにしか聞こえなかったのだが、いずれにせよ、こちらが全く予想していなかった行動だった。

僕たちは息を止め、相手の動向を見つめることしかできなかった。男は顔を傾け、返事の合図を待っていた。もちろん何も聞こえるわけはないのだが、そいつは番兵から声が返ってこないので、徐々に苛立ちを募らせているかに思えた。男は何かを黙考しているようだったが、顎を上げ、胸を張るなり、己の王国を一望する王のごとく、周囲をぐるりと見回し始めたのだ。幸い、そいつの視線は馬小屋をほぼ素通りしただけで、暗がりに隠れたトゥータとアヤを認めることはなかった。しかし、もちろんそれだけでは安堵はできない。男はゆっくりと顔の向きを変え続け、とうとう僕たち三人が身を屈めている物置小屋の扉の前へと視線を滑らせた。

今度こそばれる。バエク、覚悟を決めろ。

まるで丸裸にされたような気分になり、僕は自分自身に訴えた。美しい銀色の満月が、親切にもこちらの居場所をわざわざ教えるかのように僕らを浮かび上がらせている。

ほら、ここにいますよ、と。

そして、やっぱり敵はこちらを見つけてしまった。

僕以上に敵の視線に敏感だったケンサは、すかさず岩棚のセティに身振りで指示を伝えた。ふたりとも攻撃するための武器はすでに構えていたのだ。

回らない頭でようやく現状を理解したのか、敵の男はとうとう警告の叫びを上げてしまった。ケンサが暗闇に紛れる一方、セティは暗闇から姿を現わし、岩棚の端で堂々と仁王立ちになった。セティを認めた男は前方に飛び出し、二度目の叫び声を上げた。今度はもっと大きな、切羽詰まった声だった。警告を発しながら奴は兵舎に突進し、戸を押し開けようと両手を伸ばした。

しかし、矢のごとく扉に突っ走っていった敵は、見事にセティの射程範囲内に戻ってくれたのだ。もちろんセティはその瞬間を見逃さなかった。弓の弦が手から離れると同時に、猛烈な速度で矢が飛び出し、瞬きする間もなく、相手の片頬に刺さり、喉を貫通した。その一撃で、気管に穴が開いたのか男の悲鳴は止まった。

同時に、足の動きも静止した。それで済めばよかったのだが、あいにく、前のめりになった身体はそのまま扉に直撃し、兵舎の中に倒れ込んでしまったのだ。

「おい！」

室内の誰かが異変に気づいて目を覚ましたのか、声を上げた。無理もない。仲間の死体がいきなり飛び込んできたのだ。たちまち酔いも醒《さ》めるだろう。

声の主だと思われる男が、建物の外に出てきた。馬鹿な野郎だ。暗がりから突然突き出された槍が、そいつの肺に穴を開けた。さすが、ケンサだ。敵を瞬殺した無駄のない動き。見事としか言いようがない。僕の手には短剣が握られたままだったものの、まだ出番はなかった。それでも然るべき時に備え、僕は全身の神経を尖らせ、周囲に注意を払っていた。

ふと自分の真横で動きがあり、僕ははっとして顔を向けた。それがアヤとトゥータだったとわかり、胸を撫で下ろす。馬舎から駆けてきたふたりは、僕たちに合流した。僕の背後に回ったトゥータは、こちらを、見上げてにやりと笑った。

アジトの西側にいたセティは、本格的な戦闘が開始される前に岩棚から下に飛び降りており、僕たちのもとに駆けつけてきた。ヌビア人たちは再会を喜んで互いに抱き合った。特に、セティとネカの兄弟は、互いの無事を心から喜んでいる。僕も彼らの様子に胸を熱くした。

だが、安心するのはまだ早かった。目の前には厳しい現実がぶら下がっている。僕たちは、先行き不透明な現状に気がついた。次の出方をどうするべきなのか。兵舎内には、まだ五、六人が残っているはずだ。そして別の建物には——。

メンナがいる。

その場の全員が、同時に目が覚めたように我に返った。この戦いは終わっていない。ケンサはネカに身振り手振りで指示を出した。

(あそこまで移動して。扉付近を掩護《えんご》するのよ)

そうしている間に、傍らのアヤは黙々と番兵の弓に矢をつがえていた。

「セティ、裏手を確かめて」と、ケンサは小声で命じた。「建物の裏側に逃げ道がないことを確認してちょうだい」

ヌビア人がこの状況下で何をすべきか熟知しているのに対して、僕とアヤとトゥータは迷い子同然だった。戦闘経験がない僕たちは、ケンサたちとは最初から大差が開いていた。出だしは良かったのだ。やる気に満ちていた。覚悟もできていた。なのに、あの小便野郎が全てをぶち壊した。勢いだけで計画に参加した僕らはとにかく未熟で、今は熟練者たちとの遅れを取り戻そうと躍起になっていた。

大問題はそのときに起きた。

僕たちの耳は、とある物音を捉えたのだ。はっとして音がする方を見やると、メンナともうひとり——メンナを守るようにして寄り添う男、おそらく右腕だろう——が戦闘用馬車に乗り込もうとしているではないか。

「やめろ！」

考えるよりも先に、僕の口から大声が出た。しかし、僕の叫びも虚しく、メンナたちはとうとう馬小屋を出発した。馬車の車輪と馬の蹄が、雷鳴のように辺りに轟いている。そのとき初めて僕は、メンナの右腕の人物の顔をはっきりと目撃した。

やはりそいつは、あの男だった。何年も前に、僕の部屋の窓から侵入してきた奴だ。僕を恐怖で動けなくした男。醜く歪んだ片目。そいつは奇妙な笑みをたたえ、非常に不利なこの状況ですら楽しんでいるように見えた。

それに比べ、隣のメンナは予想以上にちっぽけだった。極悪非道の大悪党が長年築き上げてきた伝説や噂とは、印象がまるで違っている。小柄で痩せていて、太陽に長年晒されたせいか、肌は胸に十字に掛けた帯革と同じ色になっていた。

ネカは弓を構えたものの、より狙いをつけやすい位置を求めて移動をした。そして、走りながら矢を放った。だが、殴られて腫れた片目がほとんど見えていなかったせいで、彼の狙いは甘かったようだ。矢は馬車の横っ腹に当たり、下げてあった籠に刺さっただけだった。ネカが次の矢をつがえる前に、馬車は方向を変え、轟々《ごうごう》と音を立てながら敷地の外へと通じる道へ向かっていく。

僕は緊張し、セティが行動に出るのをただ待ち続け、なんとかしてくれと願い、必死で祈るしかなかった。しかし、建物の裏手から誰かの悲鳴が上がるのが聞こえ、セティはセティで敵と戦っている最中だとわかった。彼は当てにできない。このままではメンナたちを逃してしまう。

ああ。神よ！　くそっ！

ケンサはネカから弓と矢筒をむしり取り、アヤに叫んだ。

「ここにいて、敵を抑えておいて！」

彼女は馬小屋の方向に走り出しながら、僕に告げた。

「バエク、あたしと一緒に来るのよ！」

僕はケンサの後を追い、馬舎の戦闘用馬車に飛び乗った彼女に続いた。肩越しにアヤを見ると、弓矢を兵舎の方に向けているのがわかった。そのとき、セティが小屋の裏手から駆けてきた。彼は弓を持ち上げ、メンナの乗る馬車に狙いを定めている。しかし、敵の馬車はすでに視界から消えようとしていた。そこでセティは、そのまま身体をぐるりと回転させて矢先を水平移動した。どうやら、背後にあった兵舎の入り口を制することにしたようだ。メンナの部下たちは複数いたものの、セティとネカは経験豊富なヌビアの戦士だ。彼らならうまく対処できるだろう。アヤは戦闘初心者だが、頭の回転が早く、自信に満ちている。そして、年少者のトゥータを侮ってはいけない。彼はきっとすでにいくつか罠を仕掛けているはずだ。

「あんた、この馬車、運転できる?」

ケンサが大声で訊いてきた。僕は返事代わりに手綱を摑み、それを大きく振り上げて馬を駆り立てた。馬の蹄は埃だらけの地面を蹴り、馬車の車輪がごろごろと音を鳴らして回転速度を上げていく。馬小屋から飛び出した僕たちの馬車は、弧を描いて前進し、敷地外へ出る道を目指した。父さんが僕に好きなようにやらせてくれていたことのひとつが、これ——馬と馬車——だった。これも父からの訓練だったと考えれば、大きく役立ったと言えるだろう。

僕たちはメンナを追った。かなり距離は開けられていたものの、こちらには大きな強みがあった。それは、ケンサだ。

馬は鼻息荒く、たてがみを揺らし、全速力で走っていく。僕はその速さに負けぬよう、必死で手綱を握った。腕が勢いよく引っ張られ、痛みを感じるほどだ。全身に当たる風圧もかなり強い。戦闘用馬車を駆るのは、本当に久しぶりだった。当然のことながら、シワにいたとき以来で、はるか昔のことのように思える。さらに今は夜中だ。辺りは暗く、視界が悪かった。

だが、今度は月明かりが幸いした。それにしても、僕らの存在を相手に露呈したり、こちらの視界を良くしてくれたりと、今宵の満月は敵と味方の狭間でころころと態度を変えている。そんな思いが脳裏をよぎり、僕はふと笑みを漏らしていた。もちろん今の月は、僕らの協力者だ。前方にいるメンナとマキシタをぼんやりと浮かび上がらせている。手綱を操っているのはマキシタだ。奴は追っ手の僕らが気になるようで、何度も肩越しに後ろを確認している。その隣のメンナは、馬車の縁をしっかりと握り、座席で丸くなっている。

僕は手綱を振り、馬を鞭打った。こちらの速度は増しているのだろうか？　猛烈な速さで走っているはずだが、徐々にその感覚がわからなくなっていた。食いしばった歯を剝き出しにしているからか、容赦なく当たる風のせいで口元までもが麻痺していた。とはいえ、今までに感じたことのない高揚感に全身が満たされている。それでも足りないなら、さらに加速すればいい。馬はもっと早く走れる。僕はその感じを身体の奥でわかっていた。

横にいるケンサはというと、メンナと同じように身を屈めて、爆走する馬車の中でなんとか均衡を取ろうとしていた。そもそも戦闘用馬車は、屋根など付いていない。籠のようなふたり分の座席が車軸に乗っているだけの簡易な造りだ。だから、こんな凸凹の谷間の道では、木製の車輪がきしむたびに、上下左右に大きく揺れる。搭乗者は剝き出しで、座席から振り落とされぬようにするだけでも大変だった。しかもこの馬車は戦闘用とはいえ、かなり年季の入った代物。戦闘からは引退し、テーベまでの長い道のりを行き来するならば、せいぜいのんびりと市場に買い出しに行くくらいの用途にふさわしい。真夜中の砂漠を全力疾走するのは、あまりにも無謀だった。

僕たちの前方で、手綱が馬の背を叩く音が聞こえた。マキシタがさらに馬を駆り立てているのがわかり、僕も負けじと同じようにした。すると、真横で動きがあり、横目でそれを確認した僕は目を剝いた。この不安定な馬車の座席で、ケンサがすっくと立ち上がったからだ。両脚を開いた彼女は、片方を僕の背後に滑り込ませてきたので、僕はすかさず彼女の脚を背中で押さえた。これなら多少揺れても、馬車を運転しながら彼女を支えることができる。僕の目は、ケンサの二の腕の筋肉が張っていくのを捉えた。前方に注意していなければならないものの、彼女は右手で矢を取り出し、つがえている様子は感じ取れた。僕の背に当たるケンサの脚に力がこもる。きっと弦を引いているのだろう。今、彼女は身体をまっすぐにし、標的に狙いを定めることに集中しているはずだ。

だが、激しく振動する馬車の座席の上では、それは至難の技だった。

一本目の矢は、前方で逃走を続ける二人組の間をすり抜けて飛んでいった。ケンサはため息をつき、こちらを一瞥した。僕も一瞬、彼女を見上げた。何も言葉を交わさなかったが、僕たちの間には暗黙の了解があった。何が起ころうとも、僕たちはやるべき仕事をやり遂げるのだ、と。

「もう一丁いくわよ！」

ケンサは馬車の上で大声を上げた。その声は、車輪の立てる轟音にすぐに掻き消されてしまったものの、彼女の決意は僕にしっかりと届いていた。二本目の矢をつがえたケンサの腕が、弓を引きながら再び緊張していく。弦を目一杯引いた後、照準を合わせるのに時間がかかり、彼女の腕が震え出す。ケンサが手を離す瞬間を気にして、僕はちらちらと横を見た。そして、ついに二本目が放たれた。

驚いたことに、ケンサは相手が曲線路《カーブ》を曲がる角度まで計算しており、まっすぐに飛んでいった矢は、馬車が左に曲がり切ったところで手綱を操るマキシタの左肩に命中した。

次の瞬間、相手はうずくまり、手綱は乱暴に引っ張られる形となった。それに驚いた馬はいきなり足を止め、前脚を高く上げていななないた。高速で走っていた馬車は急停車に耐えられず、木の車軸が折れ、あっという間にひっくり返った。猛烈に舞い上がった砂埃が、周辺を覆い尽くす。ほどなく視界は晴れたが、地面を離れた車輪は、まだ空《くう》を切りながら回転し続けていた。

僕は自分たちの馬車を道端に止めたが、ケンサは三本目の矢をつがえて待機しており、僕も短剣を握り締めた。僕たちは座席から地面に降り立ち、敵の馬車を調べるために慎重な足取りで近づいていった。

相手の戦闘用馬車は、完全に転覆して底が露わになっている。片方の車輪は潰れ、もう一方の車輪は惰性で未だに回っていたが、次第に回転の速度は落ちてきている。しばらくすれば止まるだろう。乗っていた二人組は、逆さになった座席から出られない状態だった。馬は馬車に引きずられて倒れてしまったようで、懸命に立ち上がろうとして悲しそうな声を上げている。ケンサに目をやると、彼女は矢先を馬車に向けたまま、気を緩める気配はない。そこで僕は馬に近づき、馬を馬車につないでいた革紐を切断し、自由にしてやった。それから馬車の後方に周り、しゃがんで天地が逆になった座席の様子を覗き見た。そこにあった光景には、思い切り顔をしかめるしかなかった。まさに血の海だったからだ。

僕は初め、男たちは両方とも生きているのだと思った。彼らの目は大きく見開き、こちらを冷静に見据えているように思えたからだ。僕はメンナを凝視した。何かが変だ。そこで僕ははっとした。彼は瞬きを全くしていなかったのだ。さらに、胴体の位置から考えると、首が不自然な角度で曲がっている。まるで座席の横に頭がくっついて取れなくなったのに、胴体だけ姿勢を正してしまったかにも見えた。

次の瞬間、メンナの下顎が急に落ち、彼は大きく口を開けた。メンナの口内は血だらけで真っ赤だったが、奥の方に何かが見えた。あれは……？　顔をしかめ、目を凝らした僕は、その男が実際に座席に固定されている事実を悟った。そう、それはケンサが放ったネカの矢だった。男たちの間をすり抜けた一本目の矢は車体に深く突き刺さっており、マキシタに命中した二本目の矢が、馬車が転倒した勢いで隣のメンナの喉の奥から後頭部へと貫通してしまったらしい。しかし、それが原因で死んだのか、あるいは首の骨が折れ、死後に串刺し状態になったのかはわからない。とにかく、メンナは死んでいた。

マキシタの方は、まだ息があった。メンナとは違い、歪んでいない方の目でちゃんとこちらを見つめている。

「おまえは……誰《た》……だ《だ》？」

マキシタは息も絶え絶えに訊ねた。絞り出すような弱々しい声だったが、悪意がこもっている。じっと見ていると、相手の口から血が垂れ、髭の上に赤い筋が流れていった。

「そんなことはどうでもいい」

僕は吐き捨てるように言い、男の傍らに屈み込んだ。「とうとうおまえは打ち負かされた。メジャイの息子にな」

衝撃の事実に、マキシタは目を剝いた。最後に何かを言おうとしたのかもしれない。だが、男は激しく咳き込み、口から深紅の泡を吹いて事切れた。歪んだ片目からはすでに、命の光は消えていた。

アサシン クリード オリジンズ
砂上の誓い　上

2018年7月21日　初版第一刷発行

著者　オリヴァー・ボーデン
翻訳　阿部清美
編集協力　魚山志暢
装丁　岩田伸昭

発行人　後藤明信
発行所　株式会社竹書房
〒102-0072
東京都千代田区飯田橋 2-7-3
電話 03-3264-1576（代表）
03-3234-6301（編集）
http://www.takeshobo.co.jp

印刷所　凸版印刷株式会社

Printed in Japan
ISBN978-4-8019-1536-7　C0197